Juliette Charley

Les Pachas

HELLO
EDITIONS

Préambule
Gustave ou le symptôme de Clérambault

On Me nomme Gustave.

Notez bien la forme passive, elle est importante. On Me nomme Gustave, mais sachez bien que Je ne Me sens pas le moins du monde appartenir à la caste des Gustave.

Les humains ont choisi de Me baptiser ainsi.

Que dis-Je, non pas les humains, mais Mon humain. Et comme pour le faire savoir au monde entier, il a décidé de M'apposer cette dénomination autour du cou à l'aide d'une cordelette métallique.

C'est ainsi, par le fait de ce collier, que l'on Me nomme Gustave.

Je suis marqué du sceau des Gustave. Ce collier constitue une sorte de garantie d'origine contrôlée.

Je suis Gustave, c'est un fait, une évidence pour tous les humains sachant lire.

Mon avis, Ma volonté d'autodétermination ne comptent pas.

Seuls les enfants continuent de M'appeler « minou », « chatchat » ou encore « mon petit chat ».

Une fois encore, il s'agit d'une désignation qui les regarde et qui ne M'appartient pas.

Si j'avais pu donner Mon avis sur la question, J'aurais choisi délibérément l'imprécision traduite par la non-désignation.

Profondément convaincu de caractériser plus un concept qu'une enveloppe corporelle baptisée pareillement par le premier gus venu, J'aurais effectivement choisi cette possibilité.

Oui, un concept, car voyez-vous, Je ne suis pas ici par hasard, J'ai une mission. Aussi loin que Je Me souvienne Je l'ai toujours senti. Je ne peux pas encore vous en dire plus, car Je vous avoue ne pas en être entièrement au fait pour le moment.

Néanmoins, Je le sais et J'en suis convaincu.

Déjà tout petit, les humains se pressaient autour de Moi pour M'admirer. Ils Me vouaient pour ainsi dire, une sorte de culte, Me donnant la certitude que Je n'étais pas là par hasard et que leur dévotion était fondée.

Plus les années passent, plus Je sens que Je Me rapproche de ce sens qui fait de Moi un être unique.

Sauf que pour l'instant, on Me nomme Gustave.

PREMIÈRE PARTIE
Gentil n'a qu'un œil

Chapitre 1 – Axelle ou le mutisme sélectif

- Je n'ai rien vu.
Je ne me doutais de rien. D'ailleurs je ne pouvais pas me douter de quelque chose puisqu'elle ne me disait rien.
Un soir, je suis rentrée et j'ai trouvé Axelle inconsciente. Je lui ai parlé, j'ai hurlé, je l'ai secouée. Je crois même que je l'ai giflée. J'ai vu que des tonnes de boites de comprimés en tout genre étaient dispersées dans sa chambre, certaines vides, d'autres répandues au sol.
J'ai appelé les secours.
En attendant les pompiers, je lui parlais même si elle ne pouvait m'entendre, je la berçais comme lorsqu'elle était bébé. Oh, ma toute petite, comme j'ai eu peur de la perdre.
J'ai finalement entendu cette vidéo qui tournait en boucle sur son ordinateur. J'avoue qu'au début je n'écoutais pas vraiment. C'est seulement lorsque j'ai entendu le prénom de ma fille plusieurs fois que j'ai commencé à écouter.
C'est comme ça que j'ai découvert l'horreur que ma fille vivait.
Depuis, Axelle ne parle plus et s'alimente difficilement. Les cachets qu'elle prend la font dormir tout le temps.
Docteur, vous êtes mon seul espoir. Rendez-moi ma fille, s'il vous plaît.

Adèle se redressa et puis se repositionna confortablement dans le fauteuil, elle fixa alors le professionnel dans les yeux et attendit sa réaction. Le silence qui suivit sa tirade ne l'étonna pas. Ce n'était pas le premier psy qu'elle consultait pour Axelle.

Comme d'habitude, elle s'apprêtait à assister à la scène qui se produisait après son récit. Généralement, le psy observait sa fille à travers ses lunettes, puis se pinçait les lèvres et finissait par mordiller sa lèvre inférieure. Il baissait alors le regard en soufflant par le nez et en contractant les commissures de ses lèvres comme pour refréner les mots qu'il souhaitait prononcer. Il relevait enfin le visage et observait de nouveau Axelle, au-dessus de ses lunettes. Pendant ce laps de temps, Adèle savait que tout était encore possible, que le professionnel s'interrogeait sur la meilleure méthode à adopter, il réfléchissait.

Généralement, il tentait alors une dernière manœuvre visant à capter l'attention d'Axelle, ou du moins son regard. Face au mutisme de la jeune fille, le psy s'avouant vaincu, finissait par lancer l'inévitable « je suis désolée Madame, je ne suis pas qualifié pour traiter le cas de votre fille. En revanche, avez-vous déjà pensé à la confier à un service de soins psychiatriques ? ».

Il était certain que ces deux phrases n'impactaient pas ceux qui les prononçaient. En revanche, elles causaient du tort à ceux qui les recevaient, comme un poignard en plein cœur doublé d'un boulet à la cheville qui vous entraînaient un peu plus dans les profondeurs. Voilà pourquoi Adèle ne luttait pas, elle ne tentait pas d'argumenter. Voilà pourquoi elle avait mis au point une sortie rapide et sans appel. En effet, quand ces deux phrases étaient lancées, Adèle sautait immédiatement sur ses jambes saisissant son sac d'un bras et sa fille de l'autre ; et pendant qu'elle se dirigeait vers la sortie, elle adressait au fautif le point final de la discussion : « J'imagine que vous ne facturez pas les séances de 5 minutes aboutissant sur une expression manifeste de votre impuissance ». Ce couperet adressé plus comme une affirmation que comme une question se clôturait par le son de la porte qui claquait.

Mais cette fois, Adèle trouvait que le temps de la réflexion était long. Comme si le psy le mettait réellement à profit pour trouver une solution et non une excuse pour justifier sa fuite. Il finit même par se lever et par faire quelques pas. Adèle, trop occupée à le regarder avec la même attention qu'un prévenu qui attendait sa sentence, ne vit pas la silhouette qui se jeta sur sa fille.

Elle n'en fut alertée que par le petit cri étouffé que poussa cette dernière. Adèle sursauta et reconnut à peine le son de cette voix frêle qu'elle n'avait plus entendue depuis des semaines.

Aussitôt elle regarda en direction de sa fille pour y découvrir non seulement un superbe chat sur ses genoux, mais aussi les prémices d'un sourire sur son visage jusqu'alors éteint.

- Eh bien alors Gustave, tu t'es levé tout seul ? Cela ne te ressemble pas !

Le psy semblait adresser une boutade au chat.

Saisissant cette opportunité, le professionnel se plaça de nouveau devant Axelle et lui dit :

- Écoute, je souhaite t'aider à retrouver l'envie de vivre, à faire en sorte que ce que tu as vécu devienne une force. Axelle, même si tu penses que tu es morte ce jour-là, je peux t'aider à faire en sorte que tu puisses renaître. Es-tu d'accord pour que l'on essaye cela ensemble ?

Puis en regardant son chat, il ajouta :

- Si tu le souhaites, Gustave peut assister à nos séances, qu'en penses-tu ?

Axelle ne dit rien et ne leva pas la tête, seule sa main semblait vivre, se baladant le long du pelage soyeux du beau chat. Lentement elle acquiesça et sa tête fit de discrets mouvements de bas en haut.

Chapitre 2 – Gustave

J'adore rester sur Mon siège à écouter les sons que produisent les humains lorsqu'ils se parlent. J'ai remarqué que les sons émis dans la pièce dans laquelle Mon humain passe ses journées Me procurent beaucoup de sensations extrêmement différentes. C'est comme si ces sons entraient en Moi et emplissaient chaque partie de Mon corps pour diffuser l'émotion jusqu'au bout de Mes griffes.

C'est parfois triste et alors Je M'étire comme pour évacuer cette sensation désagréable de Mon noble corps. C'est aussi parfois joyeux, émouvant, ou serein et alors Je M'endors paisiblement, luttant jusqu'au bout contre le sommeil pour profiter de ces ondes positives.

Généralement, lorsque les humains arrivent chez le Mien, ils ne Me repèrent pas. Il Me suffit alors de Me redresser sur Mon fauteuil et de M'étirer nonchalamment pour que la mouvance de Mon corps majestueux attire l'œil. À chaque fois qu'ils Me voient, ils ne résistent pas à la tentation de toucher Ma douce robe. La plupart demandent même l'autorisation à Mon humain de Me porter jusqu'à leur place pour Me caresser. C'est souvent très agréable, parfois pas du tout.

Il arrive que certains humains dégagent des ondes de profonde tristesse. Ils en sont tellement emplis qu'une averse sort de leurs yeux, éclaboussant même au passage Mon précieux pelage. Alors, je Me redresse et tente de chasser cette sensation désagréable de Mon corps en Me concentrant sur

Mes coussinets qui se contractent sur l'humain en question. J'accompagne généralement ce mouvement d'un son que produisent des vibrations à l'intérieur de Ma gorge. Par cet acte, J'aide l'humain, Je l'encourage à Ma manière. Mon ronflement, ou plutôt devrais-Je dire Mon ronronnement semble calmer l'humain, puisque ses ondes se font de moins en moins agressives.

Lorsque Je dois user de cette méthode, Je suis épuisé et affamé. Bien sûr avant de me sustenter, J'attends que l'humain sur qui Je Me prélasse se lève et Me pose par terre, car J'ai pour habitude de laisser aux humains le privilège de Me manipuler.

Pour rompre Ma faim et Me reposer, J'ai un endroit de prédilection, Je n'ai qu'à sortir de chez Moi et à faire trois pas sur le trottoir pour M'y réfugier. Je signifie alors à Mon humain la nécessité pour Moi de quitter les lieux et de rejoindre Mon Palais.

Voilà un peu à quoi ressemblent Mes journées.

Je contrôle pour ainsi dire les humains puisqu'ils adoptent tous les mêmes réactions lorsqu'ils M'aperçoivent. J'ai pour habitude d'être remarqué, convoité, caressé, porté par tous les humains.

Tous, jusqu'à ce matin.

Ce matin, deux humaines sont entrées et aucune ne M'a remarqué. J'ai pourtant tout fait pour cela, Je Me suis étiré, J'ai baillé, J'ai ronronné, J'ai même fait un petit miaulement, celui que Je réserve à Mon humain après une journée particulièrement harassante durant laquelle J'ai senti des ondes désagréables émanant de son corps ; mais cette fois rien ! Absolument aucune réaction !

Cela ne s'était encore jamais produit.

Une évidence M'apparut alors, ces deux humaines avaient certainement peur de M'offenser en Me regardant directement ou en venant Me caresser.

Les pauvres créatures, il fallait vraiment qu'elles soient au plus mal pour imaginer M'offenser.

Je pris une grande décision et fis cette chose pour la première fois de Ma vie : Je choisis l'humaine qui n'avait encore émis aucun son et Me dirigeais vers elle de Ma démarche de grand prince. Arrivé près d'elle, elle n'osait toujours pas Me regarder, pauvre diable. Je pris alors Mon élan et sauta sur ses genoux.

Mon Dieu, que ne fallait-il pas faire pour se rendre accessible aux âmes égarées.

Ma prouesse physique fut heureusement accueillie par un son de félicitations de la part de cette frêle créature.

C'est ainsi que l'autre humaine osa à son tour Me regarder.

Mon humain semblait si fier de Me voir faire à ce point abnégation de Mon statut et Me déplacer pour rendre les ondes meilleures dans sa pièce.

Ce moment de la journée fut particulièrement éprouvant. J'eus à la fois faim, soif et besoin d'ondes positives en urgence. Dès que l'occasion se produisit, Je pris donc la direction de Mon Palais.

Chapitre 3 – Angélique ou le conflit inconscient

Angélique était toujours pressée, toujours en retard ou sur le point de l'être.

Derrière ce trait de personnalité si commun, se cachait chez Angélique une véritable peur de ne pas être à la hauteur de la vie. Ayant toujours eu une conscience aiguisée de la valeur de la vie et du caractère impromptu de la fin de cette dernière, Angélique était obsédée par le fait de mourir sans avoir véritablement vécu.

Cette angoisse la rendait incapable de vivre l'instant présent puisqu'elle se projetait sans cesse dans le futur, anticipant toutes les possibilités pouvant s'offrir à elle, veillant à les analyser afin d'opérer le meilleur choix. Choisir étant renoncer, l'enjeu était de taille. Elle trompait alors son angoisse en provoquant ces situations de retard qui la reboostaient en adrénaline et constituaient autant de fuites que nécessaire pour ne pas affronter le caractère inéluctable de sa course folle.

Vous l'aurez compris, par peur de rater sa vie, Angélique s'empêchait d'en profiter.

Alors elle faisait porter volontiers sur autrui le poids de l'exigence qu'elle s'imposait. Elle ne supportait ni de perdre son temps ni d'écouter des gens s'écouter parler, ni la médiocrité, ni la laideur humaine et par-dessus tout, l'injustice.

Déjà très jeune, Angélique était efficace et elle projetait sur l'adulte qu'elle deviendrait cette mission d'œuvrer de manière performante contre l'injustice. Elle savait alors que plusieurs moyens le lui permettraient, mais elle choisit le métier d'avocat.

Pleine de rêves et d'utopie, Angélique n'avait pas anticipé l'inévitable dépendance à une société d'avocats pour se forger une expérience et une renommée ; inévitable dépendance ne constituant que la partie émergée de l'iceberg.

Pour la partie immergée, plus elle progressait dans la firme, plus elle ressentait que sa vision des inconvénients était loin d'être exhaustive.

Gérard, le patron mais aussi le principal associé, n'était pas méchant. Simplement il représentait assez bien ce que voulait dire « être de la vieille école ». Sa vision paternaliste de la vie l'amenait à « sur protéger » Angélique justifiant par ce biais le fait que certaines affaires ne lui soient jamais attribuées. Ainsi les dossiers dits compliqués relevant du milieu des affaires ou ceux relevant du pénal particulièrement exposés aux médias lui passaient systématiquement sous le nez. Sa pseudobienveillance en direction d'Angélique pouvait ainsi le légitimer à la qualifier de capricieuse lorsque par exemple cette dernière avait fait des pieds et des mains pour tenir des permanences à l'aide juridictionnelle le samedi. Au fond, Gérard n'avait pas vraiment le courage de tenir tête à Angélique. Au lieu d'assumer son manque flagrant d'assertivité, il préférait dire qu'il lui avait passé ce caprice. Il finit donc par céder, accepta qu'elle fasse ces permanences le samedi matin et lui accorda son lundi matin en congé. Le seul sujet qui, pour lui, ne devait subir aucune variation était le fait de confier à Angélique la responsabilité d'une affaire compliquée. Cette hypothèse représentait un tel non-sens au regard de sa conception de ce que les femmes étaient capables de porter, que sa conviction l'amenait à faire preuve d'une persuasion efficace sur Angélique.

Ses collègues avocats, majoritairement masculins, avaient peu évolué depuis leur adolescence, mais également depuis l'idée contemporaine que nous nous faisons des hommes de Cro-Magnon. En dehors du travail, ils passaient leurs temps libres à chasser avec de riches clients prouvant ainsi leur certaine virilité face à un gibier démuni ou encore à multiplier les conquêtes féminines prétextant de longues réunions à leurs épouses délaissées. Deux à trois fois par an, cette joyeuse bande partait officiellement en « séminaire » pour « développer sous forme de team-building de nouveaux process de management dans le but d'optimiser les performances du cabinet ». Leur dernière escapade avait d'ailleurs eu lieu la semaine d'avant. Ce petit gang des beaux quartiers était mené par Gabriel, dit « Gaby ».

Les assistantes du cabinet constituaient quant à elles un florilège de couleurs et de styles rythmant l'année au gré des tendances dictées par les influenceuses. En dehors de cette valeur ajoutée, leurs compétences réelles laissaient à désirer, perpétuant ainsi la conviction que l'homme servait la société et la femme servait l'homme. Quelques rares spécimens tiraient leurs épingles du jeu comme Sarah, l'assistante d'Angélique.

Gérard avait constitué les forces vives de son cabinet comme un produit vintage importé du siècle dernier où la bien-pensance l'emportait sur le bon sens.

Ce lundi matin 11h35, Angélique entamait sa troisième heure de sport lorsqu'elle fut tirée de ses squats par la sonnerie de son portable :

- Oui Gérard ?
- Angélique, où es-tu ? Nous t'attendons.
- Je suis chez moi, tu sais bien le lundi matin …
- Ah oui c'est vrai ! Mince ! Mais tu aurais pu venir quand même, nous avons une réunion de direction ce matin.
- Ah bon ? mais je ne suis pas au courant ! Sinon évidemment que je serai venue !
- OK, tu es sûre ? Pourtant on a tous reçu un mail, n'est-ce pas Messieurs ?

Tout en écoutant la conversation du côté de son interlocuteur qui ressemblait plus à un brouhaha, elle fit défiler ses mails à la recherche d'une indication de cette fameuse réunion.

- Oui, tout le monde me confirme avoir reçu un mail. Bref, à tout de suite Angélique !
- Je suis sûre que j'ai pas eu de mail ! J'arrive dans 20 minutes.

Un autre collègue prit la parole derrière Gérard :

- Et Angélique ? Si vraiment tu veux te faire pardonner, ramène-toi en maillot de bain, ça devrait nous détendre un peu.

Le brouhaha se transforma en un bruit proche du rire gras.

Gérard intervint et dit dans un murmure étouffé :

- Bon c'est bon les gars.

Puis il reprit d'une voix plus distincte :

- Hum, à tout de suite Angélique !

Angélique raccrocha, mais bouillonnait au fond d'elle-même. Au-delà de la remarque particulièrement déplacée qu'elle venait d'entendre, elle ne comprenait pas comment elle avait pu passer à côté de la tenue de la réunion ! Aussitôt, elle envoya un texto à Sarah, son assistante pour lui demander si elle avait eu connaissance de cette réunion. La réponse ne se fit pas attendre : « Non ».

Tant pis, elle décida de remettre l'éclaircissement de cela à plus tard et fila sous la douche. Dix minutes après, elle quittait son appartement de plain-pied, sa trottinette sous le bras. Bravant les interdits, doublant les voitures par la droite, grillant les feux rouges, Angélique s'était élancée. Elle connaissait cette route comme si elle l'avait tracée.

Elle passa devant « Chez Colline », le café à deux pas du bureau d'aide juridictionnelle dans lequel elle déjeunait le samedi. Elle détourna son regard de la route deux secondes pour regarder à travers les grandes baies vitrées de l'établissement et adressa un signe de la main à la patronne qui lui fit un coucou démonstratif. Angélique adorait cet endroit, même si parfois un chat gris avec des longs poils le fréquentait aussi. Angélique détestait les chats, ou plus exactement elle en avait une peur bleue. C'était un peu handicapant. Cette pensée la fit sourire, car au moment où elle songeait qu'elle devait peut-être commencer un travail sur elle-même à ce sujet, son regard se posa sur la plaque de la maison jouxtant « Chez Colline » :

Docteur GUTENBERG
Cabinet de psychologie et de psychanalyse
Consultations sur rendez-vous

Angélique ralentit sa course de dingue, car elle s'apprêtait à tourner à droite après ce cabinet, lorsque la porte donnant sur le perron s'ouvrit, laissant apparaître le fameux chat gris à longs poils ! Autant surprise par sa pensée créatrice que par la terreur que lui inspirait cet être, Angélique fut prise de panique et hurla. Elle opéra alors un virage à l'inverse de celui qu'elle s'apprêtait à prendre et se retrouva à contre sens. À peine soulagée de n'avoir percuté aucune voiture, un bolide venu de nulle part arriva droit sur elle. Elle se remit de justesse sur la voie de droite juste au niveau d'une voiture en stationnement dont la portière s'ouvrit brusquement et la déséquilibra.

Pendant sa chute, Angélique ne vit pas sa vie défiler. Elle ne pouvait quitter des yeux le félin, qui en faisait autant et n'avait pas bougé du perron. Elle perdit connaissance, soulagée, pensant que si cette bête venait à la dévorer, elle ne sentirait rien.

Chapitre 4 – Gustave

À peine Mon humain M'avait-il entrouvert la porte que Je bondissais sur le trottoir avec pour seul objectif de rejoindre Mon lieu de prédilection : Mon Palais.

Les humains s'y pressaient et s'y entassaient dans le seul but de pouvoir M'apercevoir ou mieux, Me caresser. Lorsque J'entrais dans les lieux, J'avais droit à des exclamations de joies. Ces misérables se réjouissaient manifestement de Mon arrivée.

Certains jours il M'arrivait de dormir toute la journée chez Mon humain et de ne pas rejoindre Mon Palais, J'imaginais alors avec beaucoup d'empathie l'immense déception de ces malheureux.

J'en connaissais certains depuis longtemps et Je n'en voyais d'autres qu'une seule fois. Du fait de Ma présence, ce lieu était prestigieux. Nos moyens de communication n'étant pas compatibles, ces derniers n'ayant le niveau d'intelligence suffisant leur permettant de nous comprendre sans avoir à s'exprimer – à l'exception de Mon humain – J'en déduisais que les habitués devaient appartenir à Ma Cour rapprochée et Je leur accordais alors le privilège de Ma présence sur leurs genoux.

Ce jour-là, Je bondissais gracieusement sur le trottoir lorsque je croisai le regard d'une humaine sur roulettes. Elle fit alors quelque chose d'incroyable : elle émit un son tellement horrible que Je restais pétrifié. Ce cri, cette émotion, ne ressemblait en rien à ce à quoi J'assistais dans la pièce de Mon humain.

Pour autant, cette expression ne M'était pas totalement inconnue. Elle pouvait s'apparenter à ce que Je ressentais lorsqu'il M'arrivait de croiser Mon voisin à quatre pattes. Celui qui vivait dans une bicoque à l'image de la répugnance de son aura. Il était assez haut sur pattes avec un pelage noir, le poil ras et l'œil vide ; mais l'air terriblement méchant. Un jour il fit mine de Me poursuivre pour M'attaquer, J'eus juste le temps de Me réfugier au Palais. Ce que Je ressentis ce jour-là semblait proche de ce que l'humaine à roulettes avait ressenti en Me voyant.

Cela Me surprit au plus haut point. Comme cela était étrange, aux yeux de cette humaine J'étais donc un être répugnant et laid comme Mon voisin ? Avait-elle eu peur que Je l'attaque également ?

L'humaine avait fini par tomber au sol et ne bougeait plus.

Fort atteint par cette rencontre, Je poursuivais mon chemin et entrais dans Mon Palais alors que toute Ma Cour en sortait en courant, Me croisant sans Me voir.

Quelle étrange journée !

Avec beaucoup de nonchalance, Je Me dirigeais vers Mon endroit favori où M'attendaient Mon repas et Mon lit.

Du moins, en théorie.

Chapitre 5 – Colline ou l'énergie compensatoire

Colline faisait partie des personnes que l'on aimait instantanément et dieu sait qu'ils étaient peu comme elle. Il faut dire qu'elle avait ce qu'il faut en qualité : elle était douce, joyeuse, pleine d'attention et ne semblait posséder aucune once de méchanceté. La bonté de cette femme était renforcée par le fait qu'elle n'avait aucune conscience de sa valeur humaine.

Colline se voyait au contraire comme une erreur de la nature, elle se sentait totalement en décalage avec la plupart des comportements humains : l'envie, la jalousie, la méchanceté, le complot, les critiques. Au lieu d'appréhender ces comportements comme déviants par rapport à la norme, elle considérait que c'était elle qui ne rentrait pas dans le bon cadre. Colline était effectivement loin d'accepter qui elle était, elle se demandait plutôt sans cesse ce qui faisait sa différence, et chercher à s'adapter au mieux au monde.

S'adapter au monde, cela n'avait jamais été facile pour Colline, car aussi loin qu'elle se souvienne elle s'était toujours demandé pourquoi ses parents l'avaient appelée ainsi. Enfin Coline on pouvait comprendre, c'était un prénom. Mais Colline ? Pourquoi ?

Son père lui avait bien expliqué lors du repas d'anniversaire de ses huit ans, après quelques apéros bien chargés :

- Écoute ma fille, j'ai une révélation à te faire. Attention, tout le monde écoutez s'il vous plait. Je voudrais dire quelque chose d'important. Je ne veux pas me jeter des fleurs, mais je dois vous avouer que je suis visionnaire. En effet (s'adressant à sa fille), ma fille, je vais te livrer le secret de ton prénom ! J'ai toujours su que tu serais en forme, dès ta naissance je l'ai senti, il n'y a qu'à regarder ta mère (dit-il en désignant son portrait au mur) et en fait n'importe qui aurait pu s'en douter, tu me diras ! Mais moi j'ai été visionnaire et j'ai assumé ! Je t'ai appelé Colline avec deux « l » et non Coline un seul « l », parce que devinez quoi, j'ai toujours su qu'elle serait grosse, grosse comme une colline quoi, une montagne ! Vous saisissez ?

Après sa tirade, l'homme s'était rassis hilare et s'était servi à nouveau un verre de whisky. Certains avaient partagé son hilarité tandis que les autres détournaient le regard. Personne, par contre, n'affronta le père de famille ni ne défendit la petite fille, orpheline de mère.

Il était vrai que Colline avait toujours été un peu enrobée, mais à vrai dire, ce n'était qu'après ce repas qu'elle prit conscience de sa différence, et surtout, du fait que quoi qu'elle fasse, il se trouverait toujours quelqu'un quelque part pour le lui rappeler. Depuis ce jour, Colline ne fit que grossir, puis maigrir, regrossir et ainsi de suite.

Ce qui se passa ce jour-là finit de faire sortir Colline du monde de l'insouciance et la blessa à tout jamais, elle perdit les maigres repères qu'elle pensait avoir.

En voulant expliquer l'origine de l'attribution des deux « l », son père lui coupa définitivement les ailes de son enfance. Car, Colline avait trouvé un tout autre sens à la présence des deux « l » dans son prénom, elle était un ange : elle avait deux ailes. En tout cas c'était ce que sa mère lui disait tout le temps, avant. Avec la disparition de sa mère, Colline perdit l'amour et la sécurité, mais le jour de ses huit ans, elle perdit ses rêves et ses illusions.

Dès qu'elle le put, Colline partit de chez son père. Avec l'héritage que lui avait laissé sa mère, elle reprit un café à l'abandon depuis plusieurs années et commença enfin à vivre ou du moins à tenter de vivre.

Ce dont Colline était sûre, c'est qu'elle aimait son travail, elle adorait avoir un endroit à elle pour accueillir les gens. Elle savait que la plupart des personnes qu'elle accueillait venaient chercher autre chose qu'un café ou qu'un repas chaud, ils venaient chercher un endroit où se sentir bien. Colline n'avait pas confiance en elle, par contre, elle avait toute confiance en la douceur qu'inspirait son café.

Ce lundi matin était un lundi matin comme les autres, Colline avait ouvert son café, modestement baptisé « Chez Colline » et récupéré son courrier. Les premiers habitués étaient arrivés et le bal des services avait commencé. Colline avait peu d'énergie en général, mais dès qu'elle arrivait dans son café, elle devenait une autre personne, une des héroïnes de roman « feel good » dont elle se délectait le soir lorsqu'elle rentrait et qui arrivait toujours à trouver un sens à sa vie et à la sublimer. C'était ici qu'elle se sentait réellement chez elle. Quand elle eut cinq minutes, elle alla derrière son bar et admira le vert de bleu et l'or qui venaient donner un côté majestueux aux lieux et dont les tonalités variaient en fonction de la luminosité apportée par les immenses baies vitrées.

Comme chaque lundi matin, Germain, le fleuriste d'en face, lui apporta des fleurs. Il s'arrangeait toujours pour que ses choix floraux se marient harmonieusement avec sa décoration. Aujourd'hui, il lui amena trois bouquets d'épis de blé jaune vif agrémentés de roses bleu très clair. Colline en positionna un sur son bar et un sur chacune de ses deux tables préférées, celles donnant sur la baie : la 33 et la 22. Elle lui proposa un café ou autre chose, mais comme d'habitude, il n'avait pas le temps. Elle le regarda rejoindre sa boutique, se demandant pourquoi cet homme lui offrait tous ces bouquets sans jamais rien lui demander en retour.

Colline admirait sa salle et bientôt un sentiment de plénitude l'envahit. Son œil fut attiré par une trottinette qui filait à toute allure. Elle eut du mal à reconnaître la conductrice tellement cette dernière allait vite, mais il s'agissait bien de l'avocate qui venait régulièrement chez elle. Colline la trouvait vraiment magnifique, elle semblait si forte et sûre d'elle. Elle lui fit un signe exagéré de la main dont elle regretta aussitôt la démesure.

Ce sentiment de honte fut immédiatement balayé par ce qui se passa : l'avocate se retrouva à contre sens et évita de justesse une voiture, avant de tomber, déstabilisée par une portière qui venait de s'ouvrir. Colline laissa échapper un cri. Ses clients se levèrent, car la plupart avaient observé la scène, alertés par les crissements des pneus de la voiture à contre sens qui avait freiné brutalement. Une marée humaine sortit du café et se précipita autour de la jeune femme, inanimée au sol.

Le conducteur à la portière sortit de son véhicule côté passager et composa immédiatement le 18, il décrivit l'accident. Colline s'approcha doucement de la victime, lui parla et lui caressa la joue. Angélique ouvrit les yeux et se redressa immédiatement en demandant :

- Mais qu'est-ce que vous faites ? Qu'est-ce qu'il se passe ?

La foule de badauds qui s'était groupée autour d'Angélique assista démunie au départ prématuré de l'avocate. Elle s'était en effet redressée brutalement, avait consulté sa montre avant de remonter sur sa trottinette et de partir en trombe.

L'homme à la portière n'eut même pas le temps de présenter ses excuses à Angélique. Il signifia aux secours que la victime était repartie, hocha la tête et raccrocha. Tout penaud et l'air coupable, il demanda :

- Quelqu'un la connait ?
- Moi, dit Colline, elle vient de temps en temps au café. Pourquoi ?
- Donnez-lui mon numéro au cas où elle aurait des séquelles de l'accident.

Il lui tendit sa carte et partit rejoindre sa voiture la tête baissée, comme si finalement il avait oublié le motif qui l'avait initialement poussé à ouvrir sa portière.

L'attroupement se dissipa peu à peu et la rumeur des conversations commentant l'accident s'estompa.

Chapitre 6 – Axelle et Adèle

Le chat avait émis un petit miaulement à l'égard de son maître et ce dernier l'avait alors transporté jusqu'à la porte. Il était étrange de les voir se comprendre sans avoir a priori les mêmes codes de communication, pensa Adèle.

Elle regarda à nouveau sa fille et se désola de la voir se recroqueviller à nouveau dans son mutisme.

Les mains dans les poches et semblant partager la préoccupation d'Adèle, Le Docteur Gutenberg proposa :

- Eh bien, que dîtes-vous d'une séance hebdomadaire le lundi matin ?

Adèle regarda à nouveau sa fille et hocha la tête. Cela devenait très concret pour Adèle, sa fille allait être prise en charge. Une lueur d'espoir commençait à naître. Et puis une réalité bassement financière la rattrapa aussitôt. Elle ne l'avait jamais vraiment appréhendée jusqu'à maintenant. Il faut dire qu'elle n'en avait jamais eu l'occasion, vu le peu de temps qu'elle avait passé dans un cabinet de psy jusqu'à présent.

Mais soudain, l'angoisse l'a pris à la gorge et elle demanda :

- Je ne vous ai pas demandé avant, mais combien coûte une séance ?

Comme habitué à cette question ainsi qu'à la dose de stress qu'elle engendrait chez ses patients, Docteur la regarda en souriant et répondit :

- Eh bien, disons 25 €, le prix d'une consultation médicale qui vous sera remboursée par la sécurité sociale intégralement, qu'en dites-vous ?
- Euh, oui ! Comment cela est-ce possible ?
- Disons que j'ai un autre cabinet en ville et que je suis aussi médecin généraliste, alors autant en profiter.
- OK, très bien, mais pour vous ? Je veux dire, ça va aller ?
- Vous voulez dire financièrement ? Si j'avais voulu gagner plus que de raison, j'aurais fait chirurgien esthétique dans une clinique privée. Ne vous en faites pas pour moi, je sais très bien ce que je fais et pourquoi je le fais.
- Merci, merci infiniment Docteur.

Adèle prit son sac, fit un chèque de 25 euros et reçut une feuille de soins en échange, puis s'adressant à Axelle :

- Tu viens Axelle, nous y allons.

Gutenberg l'interrompit :

- Si cela ne vous dérange pas, je souhaiterais rester encore quelques minutes seul avec Axelle, la séance n'est pas finie.
- Très bien, j'attends dans le couloir alors.

En la raccompagnant dans le couloir, le Docteur déclara :

- Prenez donc un café à côté, la patronne est très sympa et vous y serez mieux assise, dit-il en désignant le manque flagrant de siège dans son couloir, nous aurons fini d'ici vingt minutes.

Adèle hésita. C'était la première fois qu'elle laissait sa fille seule depuis l'accident. En plus, elle ne le connaissait pas vraiment, pouvait-elle lui faire confiance ? Adèle se ressaisit et stoppa nette sa paranoïa.

- OK, c'est d'accord.

Adèle se sentit tout à coup prise de vertige, non pas physique, mais plutôt psychologique. Pour la première fois depuis plusieurs semaines, elle allait avoir une vingtaine de minutes rien qu'à elle. Quelques instants durant lesquels elle allait pouvoir s'évader sans culpabiliser, s'échapper en étant rassurée de savoir sa fille entre de bonnes mains.

Cet instant n'avait pas de prix. Même si les fins de mois étaient difficiles, elle allait se l'accorder ce petit café.

Chapitre 7 – Angélique

Que lui arrivait-elle ? Qu'est-ce qui la poussait à faire ce choix idiot de remonter illico sur sa trottinette et à foncer vers cette réunion à laquelle elle n'avait pas envie d'aller, au lieu de reconnaître qu'elle avait subi un choc physique et émotionnel ? On ne pouvait pas dire qu'Angélique était à l'écoute de son corps, mais tout de même suffisamment pour savoir que nier à ce point ses besoins vitaux n'était pas bon et ne pouvait durer qu'un temps. Elle se promit de se rendre à cette réunion, de faire le point sur cette histoire de mail non reçu et de rentrer chez elle pour se reposer, voire pour consulter un médecin.

Arrivée en bas de l'immeuble hébergeant notamment son cabinet d'avocats, Angélique replia sa trottinette et la cala sous son bras. Elle ressentit alors une sacrée douleur, le bras sur lequel elle était tombée lui faisait très mal. Elle nia encore une fois son mal et fonça vers son bureau pour y ranger sa trottinette. Elle passa à toute vitesse devant Sarah en la saluant de la main. Sarah la regarda de son air outré qu'elle réservait d'ordinaire aux personnes qu'elle estimait peu. Étrange. Angélique se demanda ce qu'elle avait bien pu faire pour mériter cet air méprisant. Encore un truc à éclaircir, mais ce truc-là devrait attendre.

Elle arriva essoufflée, certainement rouge et sans aucune idée de son apparence physique, dans la seule et unique salle de réunion du cabinet. À voir la mine étonnée et les yeux moqueurs de « ses collègues », Angélique en déduisit qu'elle ne devait pas être à son avantage. Gérard le pantouflard le lui confirma :

- Eh bah Angélique qu'est-ce qui t'est arrivée ?

Gaby lui aussi la questionna et déclencha l'hilarité générale :

- T'as dormi sous un pont avec ton nouveau mec ?

Elle se retourna et le reflet d'elle qu'elle vit dans la paroi vitrée de la salle de réunion lui laissa deviner une catastrophe : son pantalon blanc ne l'était plus vraiment et était troué aux genoux ; sa veste rouge était parsemée de taches inexplicables ; ses cheveux avaient l'air collé sur le côté droit de sa tête et une belle éraflure lui tailladait la joue droite. C'est un cauchemar pensa-t-elle. Soudain cette bande d'associés se leva et quitta la salle en débriefant la réunion.

Surprise, Angélique s'enquit :

- Mais qu'est-ce que vous faites ? On n'a pas réunion de direction ?

Gérard le froussard entreprit de lui répondre :

- C'est-à-dire, qu'en fait on a vite fait le tour finalement.

Gaby poursuivit :

- Regarde Cendrillon, on t'a laissé ces affaires-là.

Angélique les passa en revue et dit :

- OK, divorces et succession. Rien de neuf quoi.

Gaby lui adressa un sourire narquois.

Gérard l'affreux jobard poursuivit :

- Bon Angélique, nous en avons suffisamment parlé ! Regarde aujourd'hui, tu es soi-disant la seule à ne pas avoir reçu l'invitation à la réunion de direction … Tu te pointes à la fin de la réunion et tu imagines que l'on va t'attendre sagement pour se répartir les dossiers équitablement ! Je suis désolé, mais là clairement tu prouves que je ne peux pas te confier plus de responsabilités !

Alors que personne ne l'avait invité à donner son avis, Gaby se permit :

- Déjà qu'on te laisse bosser sur tes affaires de l'aide juridictionnelle qui sont payées des clopinettes et qu'on te verse quand même ton salaire …
- Je peux savoir comment tu peux te permettre de me dire ça ? rétorqua Angélique.

Gérard le papelard intervint :

- Tu n'as pas raté qu'un wagon, Angélique, mais tout un train ! La semaine dernière j'ai décidé de nommer Gabriel associé du cabinet. À ce titre, il gère avec moi les questions RH, financières …
- OK, j'ai bien compris patrons ! Sympas vos séminaires au soleil !

Le silence glacial qui régnait dans la salle de réunion contrastait avec la foule qui l'habitait encore. L'armée de collègues décidée à quitter la salle de réunion au plus vite l'instant d'avant s'était littéralement figée dès que le ton était monté afin de ne pas perdre une miette de la scène qui semblait s'annoncer.

Angélique prit les dossiers et quitta la salle de réunion en direction de son bureau. Elle dut traverser à nouveau le couloir desservant l'open-space des assistantes. Certaines visiblement au fait du malaise, mais aussi certainement interloquées par la tenue vestimentaire improbable d'Angélique, gardaient les yeux en l'air pour ne pas affronter son regard. D'autres la regardaient avec un mélange de compassion, mais aussi de soulagement de ne pas avoir été à sa place.

À peine avait-elle refermé la porte de son bureau et prit place dans son fauteuil, que Gérard débarqua l'air grave. Il s'avança face à elle et resta debout. Une confiance et un air assuré dans le regard qu'elle ne lui avait jamais vu, il finit par déclarer en lui montrant un courrier :

- Tu as encore reçu un rappel à l'ordre du Conseil de l'Ordre des avocats. C'est déjà le deuxième depuis … eh bien en deux semaines ! Attends je te le lis un peu parce que celui-là, de rappel à l'ordre, il vaut le détour : « Maître, c'est avec beaucoup d'intérêt que nous avons pris connaissance de faits relatés par l'un de vos confrères vous concernant. Il semblerait que lors de votre dernière intervention en tant qu'avocat plaidant vous ayez signifié à votre confrère devant une salle d'audience bondée votre volonté de (nous vous citons) « lui casser la gueule à la fin, dans une ruelle sombre si tu ne fermes pas ta gueule espèce de gros connard ! ». La véracité de ces faits ayant été corroborée par divers professionnels du monde de la justice présents au moment de cet accident, je vous prie de prendre connaissance de la sanction émise à votre encontre par les éminents membres du Conseil : avertissement et rappel à l'ordre. Il va sans dire que la réitération de ce type de comportement de votre part nous amènerait à prendre des sanctions plus lourdes à votre encontre et à envisager votre radiation du barreau, bablah … » Bravo ! Mais qu'est-ce que t'as en ce moment, pourquoi t'as besoin d'agresser tout le monde comme ça ?

- Mais quelle bande de … de ! Je n'ai jamais dit ça !
- Angélique, toutes les personnes présentes ont confirmé tes propos. Je t'invite à trouver une solution, je sais pas, entame une thérapie par exemple. Je veux dire, même ici, tu es limite ! Regarde tu zappes plein de trucs comme la réunion de ce matin par exemple, tu es agressive, tu te pointes dans un état …
- OK, OK ! Je pense avoir compris le principe.
- Prends ton après-midi pour réfléchir et t'arranger un peu, dit-il en passant sa main devant son visage.

Se voulant à la fois prévenant, mais sévère, Gérard entreprit de soigner sa sortie du bureau. Il lui fallait continuer à regarder Angélique dans les yeux tout en réussissant à se repérer dans l'espace, ce qui lui valut quelques difficultés. Une fois qu'il eut enfin refermé la porte derrière lui, Angélique se fit un café et s'alluma une cigarette, au détriment de la Loi Evin.

Il fallait qu'elle réfléchisse à la situation et qu'elle se concentre sur ses priorités. Que devait-elle faire ? Changer de boulot, comprendre pourquoi elle n'avait pas reçu ce mail, comprendre pourquoi Sarah la regardait de travers, rentrer chez elle, dormir, finir sa séance de sport, aller voir un médecin. Elle prit un post-it et y inscrit cette liste.

Elle avait l'après-midi pour cela. Elle était « large ».

Oubliant ses douleurs physiques et émotionnelles pour un moment, elle tira sur sa cigarette tout en s'enfonçant davantage dans son fauteuil. Elle regardait le plafond et y vit une araignée, certainement oubliée par le service de nettoyage. Puis elle songea à son état de nerfs ingérable et se demanda si c'était cela : avoir une araignée au plafond. Elle se plongea dans la presse pour faire le point et prendre de la hauteur par rapport à sa situation personnelle.

Un des gros titres attira particulièrement son attention :

Momo challenge le retour ? Le tristement célèbre canular présent sur les réseaux sociaux semble revenir à la mode sous un nouveau nom

Angélique repéra la page et découvrit l'article :

Après des mois de cyberharcèlement, un groupe de criminels surnommé « Momo » est enfin retrouvé et écroué. La marionnette qu'ils utilisaient était terrifiante et menait des adolescents au suicide. Les familles des victimes furent soulagées par le verdict. Mais depuis quelques semaines, il semblerait qu'un nouveau groupe de cyberharceleurs sévisse. Ils se font appeler « George Orwell » et apparaissent, vêtus de têtes d'animaux. Leur mode opératoire est identique, ils approchent des jeunes filles qu'ils jugent peu sûres d'elles et mettent en place une logique de harcèlement. Au début, la victime se confie et se livre, car elle se sent en confiance. Puis ce groupe d'individus utilise les informations échangées par la victime en toute confiance pour la faire chanter, l'intimider et la pousser petit à petit au suicide.

« Qu'est-ce que c'est que ces conneries ? » se demanda Angélique à voix haute. En parcourant le reste de l'article, elle eut des frissons. Elle fit une recherche rapide sur internet et trouva un autre article :

Deux ans après les premières victimes du Momo Challenge, d'autres challenges apparaissent massivement sur internet, visant en premier lieu les enfants et les adolescents.
Voici le premier verdict de la justice française : « Au nom de la liberté d'expression, la justice française refuse de se mêler des échanges privés se déroulant sur les réseaux sociaux, même si ces faits sont apparentés à du harcèlement. En effet l'État français estime ne pas être la juridiction compétente pour intervenir dans la mesure où les sièges sociaux desdits réseaux sociaux ne sont pas basés en France, contrairement au Momo Challenge. »
Les associations de victimes sont extrêmement mécontentes et menacent de saisir les juridictions européennes et internationales. Elles s'organisent.

C'était des affaires comme celles-là qu'elle voulait défendre. Ses yeux se posèrent sur les nouvelles affaires dont elle venait d'hériter et soupira. Elle ajouta « bosser les nouveaux dossiers » sur sa liste de choses à faire, et décida de revoir la priorisation de ses objectifs en s'offrant d'abord un déjeuner « Chez Colline ».

En traversant le couloir désert, Angélique constata que la pause déjeuner était déjà bien entamée. En passant devant la salle de réunion, elle vit son image se refléter contre les parois vitrées. Elle devait d'urgence prendre une douche et se changer !

Chapitre 8 – « Chez Colline »

Colline

La foule des clients de Colline rejoignit doucement l'intérieur de l'établissement. Cette dernière jeta encore un œil à l'endroit de l'accident et songea que la vie ne tenait quand même qu'à un fil. Sur cette pensée basiquement simple qui la força à prendre conscience de la valeur de sa vie, Colline entra dans son café avec des frissons. Elle ressentit une énergie hors du commun s'emparer d'elle ainsi qu'une intuition foudroyante. Elle devait vivre et arrêter sa survie morose. Elle devait agir pour aller au bout de ses envies, elle devait oser entreprendre. Prise d'une volonté soudaine, Colline fonça derrière son bar et manqua de marcher sur Gustave. En le voyant, elle sursauta et sourit.

- Mais tu es arrivé quand toi ?

Elle s'accroupit et le caressa. La bête sembla aimer cela et opéra des mouvements de tête pour caler son corps sur le même rythme que les caresses. Colline regarda la gamelle qu'elle lui réservait et constata qu'elle était vide, elle alla donc chercher les fameuses croquettes qu'elle lui confectionnait et dont elle avait le secret. Gustave semblait en raffoler et Colline en était ravie. Elle n'était pas sûre de sa cuisine pour les « humains », mais au moins, les croquettes pour chat n'avaient plus aucun secret pour elle ! Elle remplit sa gamelle d'une petite quantité de croquettes, mit la carte de l'homme à la portière dans sa poche et sortit son carnet. Elle se promit de faire le premier service du midi et de se poser un temps avec son carnet. Pour l'heure, ses habitués avaient faim et le premier service devait commencer. Ce midi c'était « tarte aux légumes du soleil et salade ». Simple, mais bon, à en croire ses clients.

Elle servait sans discontinuer ses plats du jour, lorsqu'une nouvelle cliente entra. Elle ne l'avait encore jamais vue. Devant l'air fatigué de cette dame, Colline souhaita lui apporter du réconfort à sa façon et lui indiqua la table avec sa main libre, tandis que l'autre portait trois assiettes. La tenancière s'approcha alors de la 22 avec sa bienveillance naturelle :

- Bonjour, je peux vous servir quelque chose ?
- Bonjour, oui un café s'il vous plaît.
- Avec plaisir !

Entre la 22 et le bar, Colline reçut deux autres commandes comportant chacune deux plats du jour. Elle partit s'affairer en cuisine et revint presque aussitôt avec une petite assiette sur laquelle trônait un cannelé et y ajouta un espresso. En temps normal, notre charmante hôtesse réservait ce genre d'attentions à ses habitués, mais au regard du fardeau que la dame de la 22 semblait porter, Colline se sentit comme un devoir de l'alléger un peu à sa manière :

- Et voilà pour vous, Madame.

En découvrant cette délicatesse, la dame fut sincèrement très touchée :

- Oh merci, c'est très gentil !
- De rien, c'est avec plaisir.

Profitant de cet instant, Colline qui souhaitait en savoir plus, poursuivit :

- C'est la première fois que je vous vois dans le quartier, vous n'êtes pas d'ici ?
- Oui effectivement je ne suis pas du quartier. Mais vu l'accueil que vous me faites, je risque de revenir.

Colline et la dame se regardèrent en souriant, comme si elles se comprenaient sans avoir à parler.

- N'hésitez pas ! C'est pour ce genre de moment que je travaille !

Colline s'en retourna à la cuisine préparer ses commandes. Le micro-ondes était banni chez elle, voilà pourquoi elle laissait tout le temps un four tourner à 170 °C pour maintenir ses plats au chaud. Le doux fumet des tartes se réchauffant emplissait ses narines et propageait un sentiment de bien-être et de satisfaction. Les quatre assiettes devant elle, vides, étaient comme des invitations à la création. Colline ne connaissait rien à l'art, mais elle imaginait que le peintre devant sa toile blanche ressentait la même chose qu'elle : une dose de vertige créée par l'infini des possibles de cet espace blanc et une montée d'adrénaline lorsqu'elle commençait à disposer les différentes couleurs de ses ingrédients. Tel un expert, Colline se saisit des feuilles de salade vertes dont elle orna l'intégralité de la surface immaculée, puis y saupoudra un monochrome de mesclun. Elle accentua ensuite l'éclat des jeunes pousses par un émincé de tomates cœur de bœuf et trancha ce sanglant par un melon vitaminé au couleur d'une orangeraie. Elle arrosa le tout d'une vinaigrette secrète et déposa la part de tarte aux légumes au centre de ce florilège.

Ressourcée par cet élan artistique, Colline alla servir ses créations tout en délivrant un mot attentionné à ses goûteurs puis rejoignit son comptoir. Un regard vers Gustave qui, après s'être rassasié, dormait profondément dans son petit panier molletonné ; et elle reprit son carnet. Avec frénésie, elle se mit à dessiner, souligner, colorier, flécher et annoter ses croquis. Cela aurait pu durer des heures, Colline n'avait plus conscience du temps, seul son instinct de professionnel la tenait en alerte des éventuels besoins de ses clients.

Notre chère cuisinière était en train de porter le coup final à sa création, lorsqu'Angélique entra et alla s'installer automatiquement à la table 33. Colline s'arrêta alors et eut du mal à ne pas courir jusqu'à elle tant elle souhaitait s'enquérir de sa santé :

- Vous allez bien ? Vous avez pu voir un médecin ?
- Oui ça va, merci Colline. Pour le médecin, je vais m'en occuper … Mais d'abord j'aimerais déjeuner ! Il y a encore des plats du jour ?
- Oui bien sûr, je vous apporte cela tout de suite ! Avec un verre de vin ?

- Oui, merci, celui, euh…
- Le petit merlot de d'habitude ?

Adèle

Bercée par les odeurs de café, les douces promesses provenant de la cuisine et les parfums des personnes qui allaient et venaient à côté d'elle, Adèle prit une grande inspiration et sentit peu à peu son esprit regagner son corps. Son esprit l'avait quittée le soir de la découverte de ce que vivait sa fille, la prunelle de ses yeux, son corps et sa chair. Même si la formule lui parut tout à fait passe-partout et donc peu authentique, elle ne put s'empêcher de trouver qu'elle sonnait juste pour décrire ce qu'elle ressentait.

C'est là, assise à la table 22 d'une brasserie qu'elle n'avait encore jamais remarquée une heure auparavant qu'Adèle prit avec la violence d'un boomerang l'ampleur de l'épreuve qu'elle traversait. Jusqu'alors trop occupée à braver la tempête et à contrer les vagues qui se présentaient à elle, Adèle s'était sentie combattive, habitée d'une rage pour défendre sa progéniture et leurs intérêts à toutes les deux. À présent qu'un espoir semblait se dessiner grâce à la prise en charge d'Axelle par un professionnel et qu'elle pouvait enfin s'accorder un café, elle prit conscience de ce qu'elles vivaient depuis de longues semaines. Peut-être allait-elle enfin pouvoir se reposer un peu et faire un minimum de travail d'introspection sur cette expérience.

Elle se sentait submergée par l'émotion et décida que ce n'était ni le lieu ni le moment pour ce genre de déballage, alors elle chercha vite une distraction pour éviter le pire et décida de reprendre son jeu favori : deviner la vie des inconnus qui l'entouraient.

Derrière le joli bouquet qui trônait sur sa table, elle se mit à épier la dame assise en face d'elle et sur la table de laquelle le même bouquet avait élu domicile. Adèle commença par détailler la jeune femme de la tête aux pieds et débuta ses déductions : la quarantaine, blonde, les cheveux mi-longs. Sa coupe de cheveux et ses habits laissaient supposer que cette dame avait les moyens de s'entretenir. Son regard glissa vers son propre sac à main élimé ; elle ne put s'empêcher de penser que cela n'était pas son cas…

Son esprit prit alors une nouvelle direction et opéra un virage vers une rancune supplémentaire s'étant invitée sur ce chemin douloureux : son licenciement. L'accident d'Axelle l'avait accaparée pleinement et entièrement. Après avoir posé tous ses congés pour prendre soin de sa fille, elle demanda à son employeur un aménagement spécifique prenant en compte sa situation. Restant sourd à sa situation, il ne trouva rien de mieux à faire que de lui proposer un licenciement avec quelques maigres indemnités. Incapable de se battre, Adèle accepta et commença à comprendre, après un mois et demi de chômage, ce que c'était que de vivre avec cette épée de Damoclès au-dessus de la tête. Un jour, elle ne toucherait plus le chômage, mais elle aurait toujours un loyer et des charges fixes à payer et là, ce serait impossible.

Refusant de sombrer à nouveau, Adèle but son café d'une traite et se décida à croquer à pleines dents dans son cannelé ! La succulence de cet aliment lui chatouilla l'intérieur des joues. Cette douceur sucrée réveilla en elle un regain d'appétit. Avec son pouce et son index droit, elle déballa le petit sucre qui accompagnait son café et en croqua un morceau, puis reprit son analyse.

Le téléphone de sa voisine avait l'air cher et sa manière de parler avec la patronne des lieux dénotait une vraie confiance en elle, une véritable aisance. Adèle inspectait la table des yeux et put y découvrir des dossiers verts, des dossiers rouges et un journal. Manifestement, cette dame avait un métier tellement important qu'elle emportait des éléments à étudier le midi. Elle devait être une femme d'affaires, travailler dans la pub ou dans la mode. Une légère plaie sur la joue dénotait considérablement avec la perfection de cette dame.

Aucune alliance et une attitude manifestement désinvolte conduit Adèle à penser qu'elle devait être célibataire. Elle ne découvrit rien de plus et pensa qu'elle manquait d'entraînement pour déduire davantage de choses. Elle soupira, se mit à jouer avec l'emballage du morceau de sucre et regarda soudainement sa montre se rappelant des raisons qui l'avaient amenée jusqu'à ces lieux. Cela faisait à présent trente minutes qu'Axelle était en consultation seule. Soit elle s'était mise brusquement à parler, soit elle et le psy s'étaient découvert une passion commune pour le roi du silence.

Comme si cette pensée avait sonné le glas de son répit, c'est à ce moment-là que choisirent Axelle et son nouvel ami pour apparaître devant la porte de l'établissement et se diriger vers la table d'Adèle. Comme par mimétisme, Adèle se leva et fit face à ce duo improbable : d'un côté un monsieur d'une soixantaine d'années dégarni et barbu et de l'autre une ado encapuchonnée de 15 ans. Luttant contre l'envie de tout savoir des trente minutes qu'ils avaient passées ensemble, Adèle adopta un sourire de façade.

Mal à l'aise et sentant quelques regards braqués sur eux, Adèle se crispa encore plus et put deviner, au reflet que lui offraient les grands miroirs de la scène, que cette exagération mettait à rude épreuve les poches qu'elle avait sous les yeux. Attarder son regard sur ce grand miroir lui fit découvrir la personne qu'elle était devenue. Elle, autrefois si préoccupée par son apparence, avait dû renoncer à accorder autant d'importance à sa propre personne ; la conséquence de ce délaissement lui apparut tout à coup. Adèle luttait pour combattre les petites voix qui lui soufflaient qu'elle n'avait rien à faire ici, que les gens autour d'elle devaient forcément la juger et savoir qu'elle était à ce point une mauvaise mère que sa fille était obligée de consulter le psy du quartier.

- Tout va bien ? Nous sommes d'accord ?

Retrouvant soudainement la conscience de la scène qui se jouait réellement et non celle qui se déroulait dans son esprit, Adèle répondit :

- Oui tout va bien, désolée Docteur, je crois que je ne suis pas très à l'aise dans un lieu public, dit-elle en baissant la voix.
- Oh … je disais donc à lundi prochain, fit-il en baissant la voix également. Bon ! Eh bien, au revoir ! lança-t-il en leur serrant la main.
- Au revoir, répondit Adèle.

Angélique

Angélique fut sortie de ses nouvelles affaires par le trio qui s'était tout à coup formé à proximité de sa table. À peine l'eut-elle remarqué que l'homme du groupe se dirigea vers Colline et commença à échanger avec elle :

- Votre Gustave a élu domicile ici, vous savez Docteur ? lui demanda Colline.
- Vous plaisantez ? c'est donc ici qu'il passe ses journées ? fit le Docteur d'un air étonné.

Angélique observait cette nouvelle scène lorsque son regard fut attiré par une petite forme duveteuse sortant de derrière le comptoir et se dirigeant vers Colline et le Docteur :

- Ah bien tu es encore là toi ?! Tu dois avoir une sacrée ardoise ici, dis donc ! dit l'homme en direction de la boule de poil.

Puis il se mit accroupi et caressa ce qui ressemblait à … Angélique se figea. Cette forme animée, ingrate et faussement douce n'était autre que l'affreux chat qui avait provoqué sa chute le matin même.

Tout en caressant son chat, le Docteur poursuivit :

- Vous me donnerez la note, chère Colline, car mon chat est un sacré profiteur

L'horrible félin se redressa sur ses pattes avant de s'étirer longuement. Toujours pétrifiée et sans quitter l'animal des yeux, Angélique s'aperçut tout de même que quelques regards s'étaient tournés vers l'animal à quatre pattes. Les deux femmes, qui discutaient encore quelques minutes auparavant avec l'homme que Colline appelait Docteur, fixaient également le chat. La plus jeune regardait en effet le félin avec la plus grande envie et des sourires plein les yeux, l'autre avait fini par détourner son regard du quadrupède pour observer sa voisine d'une drôle de manière : elle la couvait d'un œil à la fois aimant et ému.

L'homme au chat accueillit son énorme animal au sein de ses bras, puis se releva. Lui et Colline se saluèrent tandis qu'il se dirigeait vers la sortie, toujours chargé de son colis poilu. Angélique réalisa avec effroi que si la sortie était réellement leur destination, il allait leur falloir passer à un mètre d'elle … Comme si le convoi de la peur avançait au ralenti, Angélique et le dangereux félin croisèrent lentement leurs regards, l'une pétrifiée et l'autre hautain, mais compatissant.

Comme paralysée par la peur, Angélique se dit que le mieux à faire était encore de ne pas perdre l'animal des yeux, au cas où. Elle attendit que l'animal soit hors de sa vue pour reprendre sa respiration et avaler son verre d'une traite.

Encore choquée par cette deuxième rencontre de la journée, Angélique fut rappelée à la réalité par l'activité qui régnait dans le café. Colline continuait de s'activer à satisfaire ses clients avec entrain.

Angélique n'avait plus faim et se vit obligée de laisser de côté son assiette pour le moment. Elle ajouta « vaincre ma phobie des chats » à sa « to-do list » et barra « dormir ». Le vin commençait à endormir la douleur qu'elle ressentait au bras, mais pas suffisamment pour qu'elle l'oubliât, ce qui déclencha sa détermination à prendre rendez-vous chez un docteur. Pour la plupart d'entre nous, il est assez aisé de contacter son médecin traitant, pour Angélique ce n'est pas le cas : car elle n'en avait pas. Une recherche rapide lui permit d'en trouver à deux pas de chez elle, elle le contacta aussitôt et obtint un rendez-vous pour le vendredi. Elle commanda un autre verre de vin à Colline et décida de commencer à réfléchir à son avenir. L'idée d'ouvrir son propre cabinet la tentait de plus en plus …

Chapitre 9 – Angélique

De retour chez elle, Angélique se heurta au reflet que lui renvoyait le miroir de l'entrée. Peut-être était-ce la douleur qui tirait ses traits ou la fatigue qui lui donnait ce teint terne ou encore la frustration qu'elle ressentait chaque jour qui lui valait cet air aigri. Le fait est qu'elle ne se reconnaissait pas.

Ce n'était cependant pas le moment de s'apitoyer sur son sort, alors notre avocate posa les nouvelles affaires qu'elle avait à peine consultées « Chez Colline », son post-it et son journal ; puis fonça se changer. Ce n'était pas sa douleur au bras qui l'empêcherait de finir sa séance de sports, après tout, elle n'avait pas mal aux jambes !

Pendant qu'elle suivait assidûment les cours virtuels de sa coach sportive, elle pensa à son futur cabinet.

Les quarante-cinq premières secondes d'abdos lui firent dire qu'elle ne pourrait pas vivre de l'aide juridictionnelle et qu'il lui faudrait quelques affaires médiatiques pour se faire un nom. Elle enchaîna directement avec des squats sautés durant lesquels elle s'interrogea sur le meilleur nom pour son futur cabinet. Puis l'alternance des fentes avant sur la jambe droite la fit grimacer, elle revint alors entièrement à son exercice.

Après sa séance de HIIT, Angélique se doucha pour la troisième fois de la journée et se mit à étudier ses affaires. Heureusement, elle avait des maquettes toutes prêtes de requêtes dans son ordinateur portable et ces dossiers furent bientôt pliés. Les faits ne divergeaient qu'à la marge d'une affaire à une autre que ce soit en matière de divorce que de succession. La promesse d'un nouveau verre de vin, issu cette fois d'une bouteille de saint-émilion, la motiva et l'aida à faire abstraction de la médiocrité des dossiers qu'elle traitait ainsi que des bassesses humaines qu'elle remarquait systématiquement dans ce type de contentieux.

Le sentiment d'avoir accompli une bonne partie de sa *to-do list* dans le temps imparti procura à Angélique un grand sentiment de satisfaction. S'accordant ce répit, elle savoura son verre de vin, mais ses yeux se posèrent bientôt sur la cheminée qu'elle n'avait jamais utilisée. Parfois, elle se trouvait pathétique de posséder des choses dont elle ignorait le fonctionnement ou même l'utilité. C'était comme ça qu'elle avait fait installer tout un système de domotique chez elle, censé régir le chauffage, l'électricité, la luminosité et les volets entre autres ; qu'elle n'avait jamais utilisé. Incapable de les fermer, Angélique dormait les volets ouverts, comme quoi on s'accommodait de tout.

Elle retourna à son projet et entreprit de consulter ses comptes en ligne. Elle entama des calculs d'apothicaire afin de savoir combien de temps elle pourrait supporter de ne pas percevoir de salaire. Avec ses économies, elle pouvait tenir six mois pour s'installer, se faire une clientèle et commencer à se faire un salaire.

Tout était possible, du moment qu'elle le souhaitait vraiment.

Chapitre 10 – Colline

Colline rentra chez elle le cœur léger. Elle habitait une petite maison à deux pas de son café. À chaque fois qu'elle passait devant les appartements de sa rue, elle se disait qu'elle avait vraiment eu de la chance d'acheter sa maison avant la flambée de l'immobilier. Mais comme à chaque fois qu'elle pensait à sa « chance », elle s'assombrit tout à coup. Elle aurait préféré mille fois avoir sa mère et vivre dans un studio qu'avoir cette maison et son café grâce à l'héritage. Évidemment.

Elle décida de chasser ses mauvaises pensées et ouvrit sa boîte aux lettres : deux factures et une lettre manuscrite. Elle ouvrit la lettre sur le pas de la porte et manqua de tomber dans l'amas de tuiles laissées ici « au cas où ».

> Chère Colline,
>
> Voilà à présent plusieurs années que nous nous connaissons et que mon amour pour vous ne fait que grandir. Veuillez pardonner ma franchise et le choc que cela peut vous occasionner.
> Avez-vous reçu ma première lettre ?
> Comme je suis bête, comment pourriez-vous me répondre ?

Il faudrait que je vous dise qui je suis, mais pour l'instant je ne peux pas. J'ai trop peur de votre réaction, j'ai peur que votre manière de me voir ne change, j'ai peur que ce ne soit pas réciproque, j'ai peur que vous me fermiez la porte à tout jamais.
Je me dis à présent que vous devez peut-être avoir peur de moi.
Il est vrai qu'il peut être flatteur de recevoir une lettre d'admirateur secret, mais vous, Colline, ne vous placez pas dans cette catégorie des midinettes qui aiment compter leurs admirateurs.
Alors peut-être allez-vous avoir peur de moi.
Je suis désolé.
Peut-être devrais-je arrêter de vous envoyer des missives et rester discret, peut-être devrais-je franchir le pas de vous déclarer ma flamme sans me cacher derrière mes lettres ou mes … peu importe. Oubliez ces lettres et continuez votre vie, ce que vous faites est formidable.
Vous rendez les gens heureux Colline.
Et je ne peux m'empêcher de penser qu'à deux nous rendrions encore plus de monde heureux.

Sincèrement, votre bien dévoué,

E.P.I.S.

Colline posa la lettre à côté de la précédente et pensa qu'effectivement, ce type de lettre pouvait revêtir un aspect angoissant. Cette personne semblait non seulement la connaître, mais la connaître depuis longtemps. Elle était donc observée à son insu…

Elle frissonna à cette idée et songea que ce genre de situation ne se produisait que dans les films, sauf que Colline savait que sa vie n'avait rien d'une fiction. Ce qui lui sembla également étrange c'est que la signature de la lettre n'était pas la même que la dernière fois ! Elle reprit alors la première lettre et vérifia : L.Y.S.

Sûrement un code pensa-t-elle.

Elle regarda à nouveau ses deux lettres et son regard glissa alors vers le cadre posé juste à côté. Un pincement au cœur la ramena à la réalité et à son passé pas si lointain. Cette fois, ce n'était plus à sa mère qu'elle pensait, mais à son propre mari ainsi qu'à tous les regrets qu'il lui avait inspirés. Le cœur lourd, Colline sortit ce qu'elle avait dans les poches et se souvint qu'elle avait oublié de donner la carte du conducteur qui l'avait renversée à Angélique. Elle se promit de lui donner samedi lorsqu'elle reviendrait.

Puis elle sortit son carnet et fut soudainement lasse ; ses yeux migrèrent involontairement vers la télévision. Alors elle posa son carnet et alluma la télé sur sa chaîne préférée, juste à l'heure pour assister à l'affrontement quotidien des candidats.

Colline se dit que contrairement au dicton, vouloir n'était pas forcément pouvoir et elle remit ses rêves au lendemain.

Chapitre 11 – Adèle et Axelle

Pendant ce temps, Adèle apportait un plateau-repas à sa fille devant la télé même si elle savait que cette dernière n'allait pas y toucher. Toutes deux contemplèrent leur jeu télé favori : « Premier en cuisine ».

Adèle salivait à la vue des super plats mijotés par les candidats, Axelle moins. Adèle ne pouvait s'empêcher de sourire à l'énoncé de la phrase emblématique de l'émission. Avant chaque dégustation, l'animateur télé regardait son public, et tous en cœur, scandaient : « Qu'en dîtes-vous Chef Pastori ? » et ce dernier de théâtraliser tous ses sentiments. S'ensuivait l'attente durant laquelle le chef prenait le temps de la dégustation pendant qu'un silence tombait sur le plateau.

Adèle repensa au petit cannelé dégusté « Chez Colline » et se dit qu'elle n'avait jamais goûté un cannelé aussi délicieux. Elle se souvint qu'elle avait d'ailleurs eu les papilles qui en avaient frémi.

Axelle lui sembla moins absente que d'habitude et réagissait sobrement aux aléas et rebondissements de l'émission, Adèle en était ravie.

Puis elle se dit qu'une séance de psy par semaine c'était peut-être peu pour maintenir un rythme positif, elle se demanda si elle ne devait pas suggérer au psy la mise en place d'une deuxième séance hebdomadaire. Elle prit alors son portable et lui envoya un mail.

Chapitre 12 - Colline

Après son émission favorite, Colline s'était couchée des rêves plein la tête. À chaque fois qu'elle découvrait les nouveaux candidats de la semaine, elle se demandait : « Pourquoi pas moi ? ». Après tout, elle aussi cuisinait, pas trop mal.

En pensant cette phrase, Colline se dit que le problème était certainement là, dans le « pas trop mal ». Aucun des candidats ne semblait douter de ses propres talents de cuisinier. Alors quand le défi du jour fut lancé : « marbré de bananes rhum pécan et citron », Colline observa tous les candidats et s'imagina à la place de l'un d'entre eux. Elle se surprit même à commenter tout haut leurs faits et gestes.

- Mais non, il faut battre les blancs en neige ! Mets ton citron dans tes blancs !

  Au bain-marie le chocolat et pas au micro-ondes, n'importe quoi !

N'y tenant plus, elle alla chercher son carnet qui était restait dans l'entrée à côté des deux lettres et l'ouvrit. Elle regarda ses annotations et dessins de la journée et eut une idée : assembler sa recette de muffin à cette recette de marbré en variant les cœurs fondants, une fois citron, une fois rhum, une fois banane.

Elle écrivit la recette et dessina le gâteau qu'elle voulait obtenir. Puis elle calcula les quantités d'ingrédients qui lui fallait et fonça dans sa cuisine les préparer. Heureusement que j'ai toujours ce qu'il faut pour cuisiner, se dit-elle. Elle passa une bonne heure à confectionner ses mini-surprises, puis épuisée, elle monta se coucher et mit son réveil à 5h.

Quand il sonna, elle eut l'impression qu'elle avait à peine dormi, mais, de manière surprenante, elle n'était pas fatiguée, plutôt fraîche comme un pinçon. Cette expression la faisait toujours rire, car c'était celle que son mari utilisait pour la qualifier au réveil. Il était vrai que quand ils se réveillaient ensemble, elle se réveillait toujours de bonne humeur, sauf quand… enfin, elle ne préférait ne pas y penser.

Les temps changent, et les gens avec, songea-t-elle.

Qu'est-ce qu'il lui manquait.

Mais c'était comme ça, et certainement mieux ainsi pour chacun d'entre eux.

Allez ! Pas de place pour la morosité aujourd'hui. Je me prépare et fonce au café s'encouragea-t-elle.

Chapitre 13 – Gustave

Je Me réveille comme tous les matins à l'aube et J'aime attaquer Mon humain pendant qu'il dort encore. J'imagine qu'il est Mon voisin à quatre pattes avec les grosses dents et Je lui mets une raclée, un coup de patte sur le nez, un autre sur l'oreille, puis Je Me jette sur ses jambes quand elles bougent sous la couette. Lorsqu'il émerge enfin, J'émets un petit miaulement satisfait et lui signifie mon envie de sortir. Mon Dieu qu'il est lent Mon humain, lorsqu'il se lève. Ce matin particulièrement, je pousse alors un petit cri signifiant « c'est ça d'avoir pianoté sur sa tablette toute la nuit, tout ça pour regarder des humains avec des têtes d'animaux. »

Heureusement que nous, les félins, avons une dignité au réveil, cela sauve l'honneur et rattrape le niveau.

J'aime Me retrouver dehors alors que la ville n'est pas encore réveillée, seuls les animaux sont de sortie : les quatre pattes à l'air bête, les quatre pattes très poilues, les courts sur pattes, les hauts sur pattes. Certains sont accompagnés par leurs maîtres et font leurs besoins à même le trottoir. J'assiste à ces scènes d'un air écœuré et outré.

Comment peut-on agir de la sorte, aux yeux de tous ?

Je passe devant Mon Palais et constate avec stupéfaction que l'humaine est déjà là et que des fumets particulièrement appétissants émanent de l'endroit. La porte ouverte, J'entre sans manière et Me dirige d'un pas nonchalant vers la cuisine.

Chapitre 14 – Angélique

Angélique était tombée de son lit ce matin-là, d'habitude elle ne se levait qu'à 8h pour être au boulot à 9 h 30.

Mais ce mardi matin, la douleur au bras avait empiré et l'avait tirée du sommeil à 6h30. Cette douleur, bien que lancinante, ne l'empêchait pas d'être pleine d'une nouvelle énergie. Elle avait bouclé ses nouvelles affaires inintéressantes la veille, elle n'avait plus qu'à demander à Sarah d'envoyer les requêtes aux clients pour relecture. Elle pouvait maintenant se consacrer à son projet de nouveau départ professionnel et à éclaircir les deux-trois petites choses qui lui trottaient dans la tête.

Elle prit ses affaires et fonça au bureau, sans trottinette cette fois-ci. En passant devant « Chez Colline », elle passa la tête par la porte et demanda :

- Bonjour, possible d'avoir une table samedi ?
- Tiens ! Bonjour ! Oui bien sûr !

Angélique commençait à repartir lorsque Colline la rattrapa en lui tendant quelque chose :

- Attendez Angélique, prenez ça, c'est pour vous, je me suis levée aux aurores ce matin. En tant que cliente, j'aimerais avoir votre avis avant de les proposer.

Touchée et surprise, Angélique bafouilla :

- Berci meaucoup, euh merci beaucoup Pauline, Colline pardon.
- À samedi alors.

- Oui.

Angélique reprit sa route, visiblement émue. Non pas que c'était la première fois que quelqu'un lui offrait quelque chose, mais pas loin.

Il était vrai que certains clients du cabinet avaient déjà offert des bouteilles de champagne à toute l'équipe, que certains de ses clients à elle lui avaient déjà offert des chocolats ou même une barrette de shit (les aléas de l'aide juridictionnelle), mais toujours en retour de son travail, pour la remercier. Cela n'était encore jamais arrivé qu'on lui offre quelque chose de manière totalement désintéressée. Angélique avait été élevée dans une logique où tout devait se mériter.

Chapitre 15 – Adèle et Axelle

Adèle était fatiguée ce matin. Malgré le chômage, elle se forçait à se lever à 7h tous les jours pour garder un rythme. Elle savait qu'elle devait profiter de cette période d'arrêt professionnel pour se remettre en question, changer de voie ou devenir son propre patron, à l'instar de tous les préceptes de vie moderne véhiculés par les coachs en développement personnel.

Devenir mon propre patron, c'est tout à fait ce que je souhaite, songea Adèle. Être rentière, héritière, « femme de » ou muse ! Ce serait parfait pour moi ça ! Face aux réalités amères, Adèle réussissait toujours à trouver le mot pour rire et refusait de sombrer dans l'apitoiement.

Pour être rentière il fallait déjà posséder quelque chose de rentable, héritière – Dieu merci elle avait encore ses parents.

« Femme de » ? Par définition, il fallait avoir un mari.

Muse ? Elle se posta devant le miroir de la salle de bain et s'observa.

Elle avait été une belle femme avant d'être abîmée par la vie.

D'aucuns disent que le temps donne plus de caractère aux visages, cela est valable pour ceux que la vie n'a pas profondément marqué dans leur chair. Pour les autres, certaines blessures laissent des traces fermant définitivement la porte à la beauté.

Adèle avait été une belle femme, elle le savait.

Quelle épreuve aujourd'hui pour elle de s'observer dans ce miroir et d'y voir un reflet qui ne lui correspondait pas. Quand elle était coiffeuse, elle était toujours très bien apprêtée, au fait de la dernière coupe, de la dernière couleur, de la dernière tendance. Aujourd'hui elle n'avait plus le budget pour tout cela, plus l'envie pour les apparences. Adèle se dit que c'était comme cela et se résigna.

Elle rejoignit la cuisine et se fit un café.

Pendant que la Senseo se mettait en route, elle prit son téléphone et vit que le docteur Gutenberg avait répondu à son mail en lui proposant notamment un nouveau rendez-vous ce vendredi à 9h. Elle fut ravie de la nouvelle.

Elle appuya sur le bouton de la machine et déjà l'odeur du café embaumait la pièce, lui apportant du réconfort en pénétrant dans ses narines.

Le mail du Docteur Gutenberg était assez long et comportait une série de lien vers des articles qui parlaient de l'affaire d'Axelle. Il lui demandait s'il s'agissait bien de cette affaire, il écrivait qu'il avait dû faire quelques recherches pour cerner le traumatisme d'Axelle et son histoire afin de commencer le travail prudemment. Adèle regarda l'heure d'envoi : 2h07. Cette histoire avait dû l'empêcher de dormir songea-t-elle.

En buvant son café, Adèle lui confirma qu'il s'agissait bien de cette affaire et le remercia pour le rendez-vous.

Puis elle posa son téléphone, ouvrit la fenêtre et écouta le chant des oiseaux et le silence autour.

Les escaliers grincèrent et Axelle apparut dans l'encadrement de la cuisine. Elle se glissa sans bruit près de sa mère et lui prit la main. Elle murmura :

- Maman ?

Adèle était troublée tant son émotion était grande.

- Oui, ma chérie ?
- J'aimerais avoir un chat.

Chapitre 16 – Angélique

Cette journée commençait hyper bien ! D'abord le gâteau-cadeau offert par Colline qu'elle gardait bien au chaud. Puis, les nouvelles affaires étant envoyées aux clients, elle n'avait plus qu'à attendre les retours avant d'engager les actions.

Seule la douleur dans son bras devenait insupportable.

Elle prit encore un antidouleur et s'encouragea à patienter trois jours avant son rendez-vous chez le médecin.

Elle avait pris un peu de temps pour appeler un comptable qu'elle connaissait, lui demandant de finaliser son prévisionnel d'exploitation pour son projet de cabinet.

Elle s'apprêtait à entamer la rédaction des statuts de sa propre société lorsqu'un détail la fit grimacer.

Le siège social.

Où diable allait-elle s'installer ? Elle n'allait pas s'amuser à louer un bureau quelque part sans aucune visibilité et payer un loyer qu'elle n'était pas sûre de pouvoir assumer dans un premier temps. Elle n'allait pas inscrire l'adresse du cabinet de Gérard. Elle ne pouvait pas non plus exercer chez elle …

« Merde, il va bien falloir que je trouve un lieu », se dit-elle. Ce serait dommage de ne pas pouvoir avancer juste pour cette question de siège social.

Elle en était là de ses questionnements, lorsque son téléphone sonna :

- T'es où ? demanda Gérard.
- Dans mon bureau.
- Rejoins-moi dans le mien !

Angélique traversa le couloir et arriva dans le bureau de Gérard.

- T'as bouclé tes affaires il paraît ?
- Oui.
- Alors tu vas assister Gaby sur la grosse affaire de santé, j'ai un peu peur qu'il s'en sorte pas tout seul.

« Pourquoi tu me l'as pas confié directement alors ? », murmura Angélique intérieurement. Elle ravala sa fierté et le remercia puis quitta son bureau.

Passant devant le bureau de Gaby pour rejoindre le sien, elle jubila et ne put résister à l'envie d'entrer.

Gaby raccrocha précipitamment et lança :

- Tu pourrais frapper avant d'entrer.
- Salut salut Gaby. Devine qui doit travailler avec toi sur l'affaire des protéines sportives ?
- Ah c'est bien, je suis content pour toi, tu vas pouvoir me relire. Je viens de finir.
- Mon cul, oui Gérard m'a dit que tu t'en sortais pas.
- Oui oui c'est ça. J'ai besoin d'une assistante, Laura est débordée, en même temps avec mes vingt nouvelles affaires par semaine, elle en peut plus la pauvre.
- Donc ?

Angélique commençait à comprendre.

- Donc, tu vas me relire et me corriger ma grande, c'est dans tes cordes, tu vas t'en sortir ?
- Va te faire foutre.

Angélique quitta le bureau sous le rire moqueur de Gaby.

Elle rebroussait chemin et se dirigeait vers le bureau de Gérard, lorsqu'elle se ravisa. Elle risquait de hurler sur son patron et elle n'avait pas besoin de scandale en ce moment, elle devait rester discrète. Au moment où elle se ravisait, Gérard le salopard sortit de son bureau. Avec le plus beau sourire du monde, il lui demanda :

- T'as pris racine ou quoi ?

Partagée entre son impulsivité et sa raison, Angélique bafouilla et tourna les talons.

Des éclats de rire retentirent dans l'open space des assistantes, Angélique avança comme un zombie vers son bureau et vit Sarah au téléphone, hilare. Cette dernière la regarda à nouveau de son air dédaigneux.

En passant devant le bureau de Gaby, elle ne risqua même pas un coup d'œil par la cloison vitrée, mais il lui sembla qu'il était encore au téléphone.

Angélique regagna son bureau et ferma sa porte.

Quand les éléments se liguent contre vous, il n'y a rien à faire, il vaut mieux accepter que la vague passe et prendre la suivante se dit Angélique.

Elle n'était pas du genre à accepter ce genre de phrases véhiculant des principes de vie bateau ; alors de penser à ce dicton de manière instinctive l'énerva encore plus.

Angélique eut soudainement envie de manger quelque chose de sucré, un vieux réflexe de boulimique pensa-t-elle.

Puis elle se souvint de ce que Colline lui avait donné le matin même. Elle croqua délicatement dans ce qui lui semblait être un muffin et fondit de plaisir.

Les goûts tous différents se mêlaient les uns aux autres dans une véritable harmonie, sans se mélanger. C'était succulent.

Chapitre 17 – Colline

Colline rayonnait aujourd'hui.

Elle avait fait suffisamment de muffins pour régaler ses clients et plus encore.

Depuis l'ouverture, les habitués se délectaient de cette toute nouvelle recette, et la plupart ayant saisi que l'inspiration venait du défi de l'émission de la veille, se plantait à tour de rôle devant le portrait du chef Pastori, que Colline avait accroché comme une relique au-dessus de son comptoir, et scandez la fameuse phrase « qu'en dites-vous Chef Pastori ? ».

En voyant Germain installer seul ses fleurs et ses plantes à l'extérieur, Colline décida de sortir l'aider un peu et de lui amener une dizaine de muffins.

En la voyant arriver, Germain se figea et resta muet.

Colline lui tendit un torchon qui refermait ses gâteaux et se pencha pour mettre en rayon les plantes se trouvant au sol :

- Je suis venue te filer un petit coup de main et t'amener des muffins.

Germain resta planté deux secondes comme ébahi, puis alla disposer les muffins sur son comptoir, dans une bonbonnière qui habituellement ne servait que de décoration. Il revient :

- Merci Colline, c'est adorable.

- Mais de rien, ça me fait plaisir ! Quand je pense à toutes les fleurs que tu offres au café en plus, je te jure je me sens malade de ne pas te rendre la monnaie de ta pièce.

Germain bascula sa tête vers la droite et dit :

- Tu n'es obligée de rien Colline, je le fais de bon cœur.
- Mais moi aussi je le fais de bon cœur ! Et puis c'est plus facile et rapide à deux, non ?

Germain se figea à nouveau et dévisagea Colline comme s'il la voyait pour la première fois. Serait-il possible qu'elle ait compris ?

- Hein, tu trouves pas ? insista Colline innocemment.
- Si si, évidemment. Merci !

Ils finirent le rayonnage puis transportèrent ensemble et en silence les énormes pots de plantes que Germain avait l'habitude de sortir.

Voyant une demi-douzaine de personnes entrer dans le café, Germain la prévint :

- Tu as du monde tu devrais y aller.
- Oui oui, j'y vais. Viens quand tu veux Germain et merci pour tout.

Colline se sentait bizarre, elle avait l'impression de connaître Germain puisqu'elle le voyait tous les jours depuis des années, mais en fait elle s'apercevait qu'elle ne savait rien de lui. Partager ce petit moment avec lui, l'avait fait se sentir encore plus légère qu'avant d'arriver, et vu sa bonne humeur matinale, ce n'était pas rien de le dire.

Elle n'avait jamais remarqué non plus la puissance de ses yeux bleus qui transperçaient votre âme lorsque vous les regardiez, ni le doux parfum qu'il dégageait, lorsque sous l'effort et les mouvements, son odeur osait enfin s'évaporer de son corps pour émerveiller vos narines. Son parfum n'était pas seulement agréable, il lui procurait un sentiment de bien-être intense et lui réchauffa le cœur.

Troublée, Colline se retourna légèrement pour l'apercevoir une dernière fois au moment où elle passait la porte du café.

Lorsqu'elle franchit le pas de porte, elle fut accueillie par des « ah » de satisfaction de la dizaine d'habitués. Fallait-il qu'elle se soit absentée si longtemps pour mériter de telles exclamations d'impatience ?

Tout en s'approchant des clients nouvellement attablés, elle interrogea les habitués du regard. Elle prit les commandes, rejoignit le comptoir et eut une caresse pour Gustave, qui depuis ce matin n'avait pas quitté son panier. Il dormait paisiblement, il devait vraiment être crevé. « Quelle dure vie que celle des chats », pensa-t-elle, amusée. L'entendant arriver, Gustave se réveilla, s'étira et réclama ses croquettes. Une poignée de délices pour Gustave et la commande servie, Colline se dirigea vers le coin du café qui abritait les habitués. Ces derniers ne la quittaient plus des yeux et semblaient comploter.

- Qu'avez-vous avec vos messes basses ?

Le plus vieux d'entre eux, Ghislain-le-retraité prit la parole :

- Dis Colline, t'as regardé hier soir « Premier en cuisine » ?
- Oui bien sûr, comme la majorité des Français, je crois ! Pourquoi cette question ?
- Ça ressemble un peu au défi d'hier soir, mais en carrément mieux, intervint immédiatement et pleine d'entrain Louise la buraliste.

Tous acquiescèrent et Colline sentit qu'elle rougissait :

- Oh et bien, merci, vraiment. Mais je ne pense pas que ce soit mieux. Quand même …
- Si ! dirent-ils en cœur.

Ghislain reprit :

- T'as jamais eu envie de participer ?

Colline éclata de rire.

- Si comme tout le monde, encore une fois. Mais faut être réaliste voyons. Il faut avoir la gagne et être du métier ! Je tiens un café les amis et je n'ai pas du tout l'esprit de compétition.

Louise reprit la parole :

- Toi, t'as pas regardé jusqu'au bout hier ?
- Non, pourquoi ?
- Ils lancent une nouvelle version justement ! Attends je te lis l'appel à candidats.

Elle chercha sur son téléphone le site internet de la chaîne puis poursuivit :

- « Vous avez dans votre entourage quelqu'un qui cuisine comme un vrai chef ? Cette personne ne croit pas en son talent et a besoin d'un coup de pouce ? Dénoncez-la à la brigade des chefs inconnus. »
- On t'a inscrite du coup.
- Quoi ? S'exclama Colline complètement ahurie.
- Bah oui on t'a inscrite quoi, reprit Ghislain. T'as entendu, c'est à l'entourage de le faire. Donc ça tombe bien !
- Mais vous êtes fous ?! J'espère que je ne vais pas être retenue, vous êtes malades ! Je ne pourrai jamais passer à la télé !
- Mais si voyons, c'est pas compliqué, reprit Louise.
- Tu souris, tu cuisines et tout va bien, renchérit Ghislain, tu restes toi quoi !
- Ouais, ouais. Eh bien, ça m'apprendra à vous cuisiner des gâteaux, dit-elle en riant.
- C'est bon, j'ai tout ! s'exclama le plus jeune des convives, Giovanni l'apprenti artisan boulanger qui passait plus de temps au café qu'à apprendre son futur métier.
- T'as quoi ? demanda Colline l'air inquiet
- Eh bien, pour clôturer ton inscription on doit te filmer à différents moments, et notamment au moment où on t'annonce cela ! répondit Ghislain.

Colline était bouche bée.

- Non, vous n'avez pas fait ça ? Giovanni donne-moi ton téléphone ! Donne-moi ton téléphone, je te dis.

Tous étaient pliés de rire, car Colline se serait jetée sur Giovanni sans hésiter une seconde si les nouveaux clients n'avaient pas été en train d'observer la scène. Ils savaient tous que Colline tenait à la respectabilité de ses lieux et qu'elle ne s'aventurerait jamais à de pareilles familiarités en public.

Vaincue, Colline revint au comptoir et manqua de marcher sur Gustave qui, à l'instar des nouveaux clients, observait la scène.

Colline se mit immédiatement à la hauteur du chat et lui dit :

- Oh mon petit Gustave, je suis désolée je ne t'avais pas vu.

Elle lui adressa une caresse.

Colline observait ses habitués d'un air désapprobateur, mais amusé depuis son comptoir.

Elle pensa soudain qu'elle avait oublié de donner la carte de l'homme à la portière à Angélique. Elle se promit de le faire samedi au plus tard.

Chapitre 18 – Angélique

Finalement et après réflexion, cette journée n'avait aucun mérite d'exister, en plus son bras lui faisait un mal fou. Les seuls points positifs étaient qu'elle avançait sur son projet et qu'elle était à jour dans son boulot. Par contre, il était hors de question qu'elle relise la requête de Gaby.

C'était déjà son quatrième café de la journée et il n'était que 10 h 30. Elle se décida à aller chercher elle-même son courrier dans sa bannette puisque Sarah n'avait pas l'air décidé à le lui apporter.

En traversant à nouveau le couloir, elle eut cette désagréable sensation qui vous fait vous dire que soit vous êtes paranoïaque et les gens vous évitent ; ou que soit, comme par hasard, tout le monde est au téléphone ou particulièrement concentré sur son écran d'ordinateur. Quoi qu'il en soit, elle rejoignit l'open space des assistantes dans un silence de mort et aucune ne la regarda ni ne lui adressa un mot.

« Je me sens hyper à l'aise », songea Angélique avec ironie.

Elle prit son courrier et se réfugia dans son bureau.

« Il est vraiment temps que je me tire d'ici » se dit-elle tout en commença à éplucher son courrier.

Il y avait des mémoires en réponse transmis par le tribunal, des courriers de remerciements de clients satisfaits, des places pour le prochain match de foot et une convocation pour une comparution immédiate … ce matin à 11 h 30 !

Elle bouillonna et saisit son téléphone pour appeler Sarah, la ligne était occupée. Angélique lui envoya un texto lui disant de venir le plus vite possible et se fit couler un nouveau café.

Ne la voyant toujours pas arriver, elle se posta devant Sarah, toujours au téléphone imperturbable et attendit qu'elle daigne lever les yeux vers elle. Puis n'y tenant plus, elle appuya sur le téléphone pour couper la communication et dit :

- Force majeure, viens dans mon bureau tout de suite.

Sarah avait toujours l'air hautain, mais semblait moins sûre d'elle tout à coup.

Angélique rejoignit son bureau et entendit des chuchotements derrière son dos :

- Vous êtes témoins les filles, elle a coupé ma communication et elle me parle comme à un chien.
- Oui oui, laisse la porte ouverte surtout, lui répondit une de ses homologues.

Sarah tardait à arriver et depuis son bureau, Angélique put la voir adresser un signe de la main à Gaby.

Angélique lui brandit la convocation devant les yeux :

- Pourquoi je ne la reçois qu'aujourd'hui ??
- Bah tu sais les comparutions immédiates c'est rapide quand même.
- Ah ouais ? du matin pour le matin ? Arrête un peu, le courrier est daté de la semaine dernière et il a été réceptionné chez nous la semaine dernière également. Oui bah hier t'as pas regardé ton courrier.
- Mais sérieux Sarah ! Une assistante, ça sert à quoi en fait ? Tu es censée m'alerter sur ce qui est important, urgent et que je ne vois pas.
- Bah oui, mais je peux pas être partout non plus.
- Comment ça être partout ? Tu es avec moi. Tu gères mes affaires, mon courrier, mes mails et mon agenda. Je suis loin d'être la plus débordée ici, dit Angélique.
- Ah t'es pas au courant ?
- De quoi ?

- Je ne suis plus qu'avec toi, dit Sarah avec un air de défi et d'importance.
- Comment ça tu n'es plus qu'avec moi ?
- Oui oui la semaine dernière pendant le voyage, dit Sarah avec un petit gloussement, car visiblement ce souvenir lui était plaisant, Gérard et Gaby m'ont donné une promotion.
- Et ?
- Je suis ton assistante OK, mais je suis aussi la co-assistante de Gaby avec Laura. Il est débordé tu comprends.

Choquée par cette information, Angélique demanda :

- Vous comptiez m'en parler quand ?
- Je croyais que Gérard allait te le dire.

Sarah était moins pimpante qu'à son arrivée : visiblement elle ne s'attendait pas à gérer cette annonce ni à provoquer autant de peine chez Angélique.

- Sarah, je ne comprends pas. D'abord je ne reçois pas certains mails, ensuite certaines infos importantes et maintenant certains courriers. Il se passe quelque chose ou quoi ?

De plus en plus mal à l'aise, Sarah dit :

- Non je ne pense pas … mais pourquoi tu n'irais pas demander à Gérard plutôt ?
- Ouais, je verrai plus tard. Bon pour cette affaire, on a un dossier quand même ?
- Oui, je te l'amène tout de suite.
- OK

Sarah fit l'aller-retour rapidement et lui apporta le fameux dossier qui devait être plaidé quarante-cinq minutes plus tard, puis s'apprêtait à quitter le bureau lorsqu'Angélique l'interpella :

- Sarah ?
- Et ils t'ont donné quoi en échange ?
- Comment ça ?
- T'as eu une augmentation ? Ton statut a changé ? T'as un nouveau contrat de travail ?

Sarah la regarda sans répondre et sourit tristement avant de refermer la porte du bureau.

Décidément, cette journée allait être beaucoup plus compliquée que prévu ! Angélique commença la lecture de son dossier, un vol à l'étalage, écrivit les principaux points de sa plaidoirie et fonça au tribunal.

Chapitre 19 – Adèle et Axelle

Adèle était tellement heureuse qu'elle organisa la journée avec pour seul objectif de faire plaisir à sa fille.

Elle trouva facilement sur internet le numéro de la SPA et les contacta. Une messagerie lui indiqua que le site n'ouvrait qu'à 10 h.

Elles avaient le temps de se préparer à partir. Cette journée commençait à ressembler à une journée normale, et cela la ravissait au plus haut point.

Pour la première fois depuis des semaines, Adèle s'occupa d'elle. Elle choisit ses vêtements, prit le temps d'appliquer des lotions sur son visage et son corps, s'habilla, mit des bijoux et se maquilla. Elle se sentait si bien. Enfin, elle eut l'impression de retrouver possession de son corps.

Elles prirent la route et arrivèrent en même temps que la personne qui visiblement était le responsable du site, un homme d'une cinquantaine d'années. Adèle gara sa voiture et elles attendirent encore quelques minutes à l'intérieur. L'homme leva la grille de la porte d'entrée et prit une caisse dans son coffre. Une jeune fille sortit de la place passager avant de la voiture et suivit le monsieur à l'intérieur du bâtiment, tout en gardant les yeux rivés sur son téléphone.

Adèle regarda sa fille. Axelle avait l'air stressé. Adèle lui prit la main et lui demanda :

- On y va ?

Axelle hocha la tête.

Elles entrèrent dans le bâtiment qui, bien qu'ayant des allures vétustes, semblait avoir été repeint récemment.

L'homme était dans une pièce jouxtant l'accueil. Seule l'adolescente était présente.

- Bonjour.
- Bonjour, répondit Adèle. Nous aimerions savoir si vous avez des chats à l'adoption.
- Oui tout à fait, il y en a un paquet.

La jeune fille adressa un sourire à Axelle et les entraîna vers une pièce remplie de cages posées les unes sur les autres. La pièce semblait silencieuse, mais à l'instant où elles franchirent le pas de la porte, les dizaines de chats de toutes les couleurs miaulèrent en chœur.

Depuis la pièce voisine, une voix s'éleva :

- Aude ? Pourquoi tu es allée voir les chats ? On doit faire les chiens d'abord.

Le monsieur arriva dans la pièce et comprit la situation.

- Bonjour, vous êtes à la recherche d'un chat adulte ou d'un chaton ? enchaîna-t-il heureux de voir un chat potentiellement libéré de sa cage.

Adèle regarda sa fille. Elles n'en avaient pas parlé. Constatant l'air pétrifié de sa fille, ce n'était pas le moment de lui poser une question devant ces nouvelles personnes. Adèle reprit :

- Bonjour Monsieur, fit-elle en souriant. À vrai dire nous n'avons pas de préférence. Puis regardant sa fille qui commençait à s'intéresser à un chat en particulier, tout dépendra de l'entente de ma fille avec l'un d'entre eux, qu'il soit un chaton ou non.
- Oui c'est parfait de procéder comme cela, reprit le monsieur. Je vous laisse avec ma fille, je dois faire sortir les chiens.

Il quitta la pièce et quelques secondes plus tard, des dizaines d'aboiements différents se firent entendre, une porte claqua et ils se firent lointains. Les chats avaient cessé leur miaulement et observaient à présent sereinement la présence de ces trois humaines dans leur antre.

Adèle observait sa fille qui semblait émerveillée de voir tous ces félins. Aude dit :

- Cela peut prendre du temps de trouver un chat. D'ailleurs il vaut mieux prendre son temps.

Adèle commença à questionner la jeune fille sur les modalités d'adoption, de vaccination et tout ce qui pouvait permettre de prendre soin d'un chat.

La jeune fille lui proposa alors de rejoindre l'accueil afin de tout lui expliquer. Après avoir interrogé sa fille, Adèle laissa Axelle avec les chats et suivit Aude.

Chapitre 20 – Colline

Colline passa la journée sur un petit nuage. D'autres vidéos furent tournées à son insu, la prenant par surprise en train de préparer ses plats du jour et de chantonner ; la voyant préparer des croquettes pour chats et caressant Gustave ; la voyant réajuster ses bouquets de fleurs et la montrant en train de dessiner et d'annoter ses projets de recette.

Colline, finissait toujours par s'apercevoir de la supercherie et s'exclamait : « oh », « ah ! », « encore toi ! ».

Bref la journée se passa et Colline vivait un rêve éveillé.

Curieuse de son sort, elle revint les voir en fin de journée et les questionna :

- Mais comment ça se passe en fait ?

Ghislain, le sage de la bande, lui expliqua :

- On finalise ton inscription avec les vidéos et eux instruisent les candidatures. Comme ils sont pressés, ils n'ont laissé que quarante-huit heures pour candidater, j'imagine qu'ils instruiront vite …
- Et ensuite ? se risqua-t-elle.
- Et ensuite, tu passes un jury de présélection ma belle, ils te choisissent comme tu es la plus balaise, ils reprennent nos vidéos et en font d'autres, tu tournes une émission, tu gagnes, pendant une

semaine le chef Pastori vient chez toi et t'aide à développer tes concepts !

- Quoi le chef Pastori ? Non, mais vous vous rendez compte ?
- Et voilà pourquoi on n'a pas hésité une seconde à t'inscrire ma belle !

Chapitre 21 – Gustave

Cela faisait à présent deux jours que Je sentais bien que Ma Cour était dissipée. Tout le monde était plus bruyant, l'humaine qui vit dans Mon Palais mettait plus de temps à préparer Mes repas et surtout ; cela Me peinait de le reconnaître, mais on me remarquait moins.

Je multipliais pourtant les gestes et les attitudes de démonstration, les étirements prolongés, les parades lentes et caricaturales, et les ports de tête royaux en fixant la salle. Rien ne semblait y faire, les humains ne Me voyaient quasiment plus.

Dans Mon lit, au Palais, Je fermais les yeux pour réfléchir et tentais de trouver une explication à ce soudain désintérêt de Ma personne animale. Puis cela M'apparut comme une évidence. Tout avait commencé hier matin lorsque l'humaine sur roulettes crut que J'allais l'attaquer. Elle dut leur faire comprendre à l'aide des sons qu'ils utilisent pour se parler que J'étais une bête sauvage.

La voilà l'explication.

Je fus extrêmement peiné de penser qu'ils Me considéraient ainsi, Je Me sentis même abattu.

Mais que faire pour qu'ils comprennent que J'étais toujours le même et que Je n'avais pas tenté d'attaquer cette humaine ?

J'en étais là de Mes réflexions lorsque J'eus une deuxième fulgurance.

Comme l'humaine à roulettes les avait convaincus que J'étais dangereux, il semblait donc qu'elle ait un pouvoir sur les autres humains.

Il Me fallait persuader cette humaine de Mon inoffensivité. Elle se chargerait de rétablir la vérité auprès de ses congénères et tout redeviendrait comme avant !

Épuisé par Mes réflexions j'eus soudainement faim. C'est à ce moment que l'humaine qui vit ici arriva devant Ma gamelle avec Ma nourriture divine. La nature était tout de même bien faite, cette humaine continuait à lire dans Mes pensées, peut-être M'inquiétais-je pour rien après tout.

Je Me dirigeai vers Mon assiette tandis que l'humaine restait à côté, lorsque Je fus près d'elle, elle Me caressa longuement.

Comme c'était agréable.

Les sens en éveil, Je vivais un moment exquis. Puis J'ouvris les yeux et M'aperçus que toute Ma Cour M'observait silencieusement.

Qu'est-ce que cela voulait dire ?

Avaient-ils pris conscience de leur comportement et tentaient-ils de se racheter en M'admirant de la sorte ?

Mais tout s'arrêta d'un coup, ils émirent quelques sons et l'humaine stoppa ses caresses. Ils retournèrent à leurs places respectives en émettant des sons très aigus, parfois graves, mais en tout cas très forts.

C'en était trop ! Il était temps de retrouver cette humaine à roulettes et de passer à l'action.

Comme invisible Je traversais la pièce et M'installais sur le rebord intérieur de la fenêtre, au niveau de la table à laquelle cette fameuse humaine à roulettes avait l'habitude de s'installer.

La porte du Palais étant ouverte, Je n'aurai qu'à bondir sur le sol et à la suivre dans la rue.

Le plus dur commença, il Me fallait lutter contre le sommeil pour ne pas la rater. Cette attente fut interminable. Mes yeux se fermaient malgré Moi et le moindre bruit Me réveillait en sursaut. J'espérais qu'elle ne soit pas passée durant un de Mes moments de somnolence.

Le temps passait et Mon estomac Me réclamait d'aller retrouver Mon assiette. N'y tenant plus, Je M'apprêtais à me lever, quand je la vis passer sa tête à l'intérieur du Palais en émettant des sons humains.

Elle ressortit aussi sec de Mon Palais et longea la façade, sans M'apercevoir.

Je sautais alors de Mon repaire, léger comme une plume et entrepris Ma filature, Me faufilant au gré des passants et des poubelles. Cette humaine même sans roulette avançait rapidement, c'était épuisant.

Pourvu que l'endroit où elle vivait ne soit pas trop loin.

Je n'arriverais jamais à tenir le rythme. Il devrait exister des roulettes à mettre sous les pattes des animaux, ce serait beaucoup plus simple pour nous également.

Aussi loin que Je Me souvienne, Je n'avais jamais parcouru une distance aussi longue. Après l'appréhension de ne pas tenir le rythme de la course de l'humaine vint la peur de ne pas retrouver le chemin jusqu'à Mon humain.

L'humaine entra dans une immense maison dont la porte se referma aussitôt, M'empêchant d'entrer à Mon tour.

Mince, pourquoi avait-il fallu que Je fasse autant de route pour ne pas pouvoir l'approcher finalement ?

J'étais à présent sale, assoiffé, affamé, épuisé et en plus Ma mission avait échoué.

Le plus urgent après cet échec, était de Me redonner une apparence correcte. J'observais le bâtiment, trouvais des perchoirs et M'y installa. Je commençais Ma toilette et pensais qu'il Me fallait du repos avant de repartir chez Mon humain.

Chapitre 22 – Axelle et Adèle

Après avoir longuement échangé avec Aude, la fille du gérant de la SPA, Adèle retourna voir Axelle dans la pièce avec les chats. Axelle n'avait pas fini l'inspection de chaque félin.

Adèle l'interrogea :

- En as-tu trouvé un qui te semble sympathique ?
- Oui, tous.

Aude s'avança devant les cages et proposa à Axelle :

- Tu veux m'aider à m'occuper d'eux ? Ça t'aiderait à mieux les connaître.

Axelle interrogea sa mère du regard et cette dernière lui dit :

- Comme tu veux.

Axelle se tourna vers Aude et répondit :

- OK.

C'est ainsi que mère et fille restèrent la journée à la SPA et partagèrent le pique-nique des protecteurs des animaux à l'extérieur.

À la fin de la journée, Aude dit à Axelle.

- Tu as trouvé le chat qui te plaît le plus ?

Axelle se sentait plus à l'aise pour parler quand sa mère n'était pas à proximité immédiate d'elle. Elle avait toujours le sentiment que cette dernière attendait tellement son rétablissement que cela en devenait oppressant. Profitant que sa mère soit restée à s'occuper des chiens avec le père d'Aude, elle répondit :

- Toujours pas, je crois que je les aime tous.
- Je comprends, c'est compliqué de choisir parmi toutes ces petites bêtes, dit Aude en câlinant un énorme chat roux qui semblait faire la tête.
- Tu crois que je peux revenir t'aider ?
- Oui, carrément, mais t'as jamais cours ? Tu ne vas pas au lycée ?
- Plus depuis deux mois.
- Ah, fit Aude gênée par cette réponse. Elle ne savait pas si elle devait questionner Axelle ou la laisser parler.

Voyant son trouble, Axelle poursuivit :

- J'ai eu des soucis. Des gens m'ont fait du mal, sur les réseaux sociaux, ils m'ont fait croire des trucs et j'ai eu peur. Je peux pas retourner au lycée. Et toi, tu es tous les jours ici ? Je veux dire, tu ne fais pas d'étude ou autre chose ?
- Sacrée histoire !
  Moi, j'ai eu mon bac l'année dernière et je ne savais pas du tout quoi faire ensuite. Mon père avait un super taf avant, il gagnait plein de thunes, on voyageait beaucoup, on faisait tout ce qu'on voulait. Et un jour ma mère s'est tirée, avec son meilleur pote, t'imagines ? Depuis on n'a aucune nouvelle d'elle. Mon père a quitté son taf et a décidé de « faire un truc concret qui soit vraiment utile et qui n'ait aucun rapport avec les êtres humains » comme il dit sans cesse, donc en attendant de savoir ce que je vais faire de ma vie, je suis ici avec mon père.
- Oh, ton histoire n'est pas mal non plus !

La fin de journée approcha et les deux jeunes filles se mirent d'accord pour se retrouver le lendemain.

Axelle et Adèle prirent le chemin du retour en silence. Une fois chez elles, Adèle leur prépara leur plateau-repas quotidien et elles se mirent devant la télé. Contre toute attente, Axelle mangea plus que d'habitude et déclara :

- Maman, j'y retourne demain.

Adèle tenta de garder son calme, mais entre la journée qu'elles avaient passée, les phrases prononcées par Axelle et son regain soudain d'appétit, elle était déjà surexcitée ; alors cette annonce la remplit de joie.

Chapitre 23 – Angélique et Gustave

Angélique

Angélique avait comme à son habitude tout donné pour son client, qu'elle ne connaissait même pas, qui ne la remercia pas et qui rechignerait certainement à la payer, prétextant ne pas l'avoir choisi, elle, mais plutôt son cabinet composé d'avocats et non d'avocate.

Angélique décida qu'une journée comme celle-ci méritait de se poursuivre au lit avec une bonne bouteille, devant une bonne série, au lieu de ruminer.

À peine rentrée chez elle, elle se mit effectivement dans son lit avec son ordinateur portable et son vin préféré : un Saint-Emilion 2014. Mais cette fois au lieu de travailler sur son ordinateur, elle reprit son intégral d'Ally Mc Beal, la série qui lui avait donné envie de faire ce métier.

Au bout de deux heures de visionnage et de la dernière gorgée de ce nectar, Angélique s'endormit, la douleur de son bras avait quasiment disparu.

Gustave

Une alarme de voiture se mit en route et réveilla Gustave en sursaut. La nuit était tombée.

J'avais le sentiment d'avoir franchi le cap de la faim : J'avais été tellement affamé, qu'à présent Je ne ressentais plus rien. Un sentiment de bien-être M'habitait, Je Me sentais si léger que Je flottais dans les airs. Dieu qu'elle M'avait épuisé cette drôle d'humaine qui avait passé sa journée à crapahuter dans toute la ville. Ah ça pour un baptême de vagabondage J'avais été servi !

De la lumière s'alluma dans la pièce qui donnait derrière Mon rebord de fenêtre.

Je Me redressais sur Mes pattes et M'étirais, lorsque Je vis à l'intérieur de cette pièce l'humaine à roulettes.

Elle ne semblait pas Me voir, ou peut être faisait-elle semblant ?

C'était le moment d'agir si Je voulais que toute cette abnégation soit finalement utile. Lentement Je Me redressais sur Mes pattes arrière et la fixais à travers le carreau, attendant qu'elle M'aperçoive.

Elle Me vit enfin et ne bougea pas pendant quelques instants, se demandant certainement quel comportement avoir avec Moi dans la mesure où elle savait pertinemment avoir sali Ma réputation.

J'attendais, dressé sur Mes pattes arrière, qu'elle daigne engager notre échange.

Sans crier gare, elle se précipita derrière un mur et comme par magie les fenêtres s'ouvrirent.

Elle sembla pousser un son aigu et fort, signifiant certainement sa culpabilité d'avoir ainsi agit avec Moi jusqu'à présent. J'allais être indulgent avec elle, et lui pardonner rapidement, elle ne semblait pas être un humain normal, dévoué à l'adoration des quatre pattes. Comme un certain temps s'était écoulé et qu'elle ne revenait toujours pas, je M'installai sur un fauteuil immense, doux et confortable.

Une pure merveille, à croire qu'elle M'attendait finalement puisqu'à ce moment J'eus comme une révélation : ce fauteuil était tellement magnifique qu'il ne pouvait que M'être destiné.

Installé confortablement, J'attendis ; sauf que la faim peut être vaincue, du moins temporairement, mais pas la soif.

À contrecœur, je Me levais de Mon lit et partis à la recherche d'un peu d'eau.

Soudain Je vis mon Graal, en hauteur sur un meuble entouré de tabourets comme au Palais. Je M'en approchais à pas furtif et commençais à boire ; rapidement les occupants du liquide s'approchèrent de Mon museau et Me donnèrent des sortes de coups. Ils prenaient leur élan, plongeaient au fond et remontaient avec force en Ma direction.

Cette humaine avait donc aussi fait Ma publicité auprès de ses animaux aquatiques ?

Cette affaire se révélait décidément plus compliquée que prévu.

Angélique

Enfermée dans sa chambre, Angélique n'en croyait pas ses yeux. Mais que faisait cet animal, ce chat répugnant et dangereux chez elle ?? Comment l'avait-il retrouvée et pourquoi ?

Et plus les minutes passaient, plus elle se maudissait de n'avoir jamais pris le temps de comprendre le fonctionnement de son installation domotique.

Quand elle avait aperçu ces grands yeux luminescents qui la fixaient, elle avait d'abord cru à un humain ou à un extra-terrestre vu les reflets globuleux.

En effet, l'animal dressé sur ses pattes arrière avait une taille plutôt impressionnante. Dans un premier temps elle fut pétrifiée, comme paralysée.

Prenant son courage à deux mains, elle se rua sur son petit écran de commandes et appuya sur les touches fenêtres espérant fermer les volets électriques, qui ne l'avaient encore jamais été.

Comme si les éléments s'acharnaient contre elle – décidément quelle journée de merde – ce ne furent pas les volets qui se fermèrent, mais les fenêtres qui s'ouvrirent. Hurlant, Angélique se rua dans sa chambre et s'enferma.

Comment pouvait-elle se sortir de cette situation ?

Sa chambre avait bien une fenêtre, mais qui donnait sur la cour intérieure. Elle tremblait de son corps et son sang s'était glacé.

Comment agir ?

Que faire ?

Appeler quelqu'un qui connaissait ce chat ?

Elle ne connaissait pas le propriétaire et Colline ne devait plus être au café à l'heure qu'il était, or elle n'avait pas son numéro et ne pouvait trouver que le numéro du café sur internet.

Quelle heure était-il d'ailleurs ? Son réveil affichait 23h.

Elle n'allait pas appeler la police ! Cette histoire ferait le tour du commissariat et du tribunal, sa réputation serait ruinée.

Elle entendait déjà ses confrères et tous les flics miauler sur son passage.

Les pompiers ? Ils ne se déplaceraient jamais pour cela.

Tant pis si cela ne servait à rien, elle tenta d'appeler Colline au café.

Miraculeusement, après quatre tonalités d'appels, alors qu'Angélique s'apprêtait à raccrocher, Colline décrocha.

Chapitre 24 – Colline

- Angélique ? Qu'y a-t-il ? dit Colline en sortant sa dernière fournée de chouquettes du four.

Angélique expliqua son histoire ahurissante.

Partagée entre l'envie de rire et la compassion, Colline proposa :

- Vous voulez que je passe le prendre ?
- Oui … s'il vous plaît. Je suis affreusement désolée de vous demander cela.
- Aucun souci, j'arrive.
- Heureusement que vous êtes encore au café, je ne sais pas comment j'aurais fait sinon.
- Non j'ai fait un transfert d'appel sur mon portable. J'attends un coup de fil important et je ne sais pas sur quelle ligne on va m'appeler. Donnez-moi votre adresse, j'arrive, et votre numéro de portable, parce qu'avec un transfert d'appel on ne voit pas le numéro qui appelle !

Quelques minutes plus tard, Colline arrivait devant l'appartement d'Angélique et se dit qu'il était un peu imprudent d'avoir les fenêtres grandes ouvertes et la lumière allumée en pleine nuit en rez-de-chaussée.

Elle appela Angélique sur son portable :

- Angélique, on se tutoie ?
- Oui oui bien sûr, pas de problème.

- Je suis devant chez toi, comment je fais pour entrer ?
- Ah oui, merde, tout est fermé à clé et je ne peux pas sortir pour t'ouvrir.
- Bon ! Laisse tomber je vais passer par les fenêtres, vu que tout est ouvert ! Heureusement que tu habites au rez-de-chaussée.
- Si j'habitais à l'étage, on n'en serait pas là !

Colline rit, Angélique aussi.

La voilà escaladant la fenêtre et entrer dans l'appartement d'Angélique comme si elle était une voleuse.

Cette incursion avait des allures de films de voyous et Colline se dit que finalement sa vie pourrait être un film.

Arrivée dans cette immense pièce qui ressemblait à un loft, Colline la parcourut du regard et trouva que ce lieu avait des allures de photos de magazines. Elle repéra rapidement Gustave qui s'était couché à côté de l'aquarium. Ce dernier se mit à ronronner en la voyant. Colline le prit dans ses bras et appela Angélique sur son portable :

- C'est bon je l'ai avec moi.
- Ouf, merci Colline, merci, merci.
- Mais qu'est-ce qu'il fait ici en fait ? demanda Colline.
- Comment tu veux que je le sache ?! En plus c'est lui qui m'a fait tomber lundi.
- Mais non, c'est le mec avec sa voiture, à ce propos fais-moi penser que j'ai sa carte à te donner. Il m'a chargée de te dire de ne pas hésiter à l'appeler en cas de problème de douleur ou autres.
- Oui techniquement le mec m'a fait tomber en ouvrant sa portière, mais j'ai complètement pété un plomb en voyant le chat sur le trottoir, j'ai cru qu'il allait me sauter dessus, j'ai roulé à gauche, à droite, j'ai fait n'importe quoi.
- Mais je comprends pas, comment tu peux avoir peur de Gustave, il est adorable.
- Je contrôle pas, je crois que j'ai une phobie.
- Aïe… Bon je te laisse Angélique, il est tard.
- Oui, merci Colline.

- Tes clés sont sur la porte, j'ai pas besoin de code ou d'autre chose pour sortir de l'immeuble ?
- Non, non. Merci infiniment Colline.
- Aucun souci, prends soin de toi et fais quelque chose contre ça, je ne serai pas toujours là ! dit Colline en riant.
- Je sais, dit Angélique honteuse. Je suis désolée, et je me sens con, t'imagines même pas.
- Oh si, je crois que j'imagine un peu ce que tu ressens ! Allez t'en fais pas, ça reste entre nous.
- À samedi, bonne nuit.
- Bonne nuit.
- Au fait Colline ?
- Oui.
- Trop bon le cannelé.
- Merci !

Elles raccrochèrent.

Colline rentra chez elle, Gustave confortablement installé sur son siège passager. Elle décida de passer devant chez le Docteur Gutenberg pour voir s'il y avait encore de la lumière et lui rendre Gustave le cas échéant.

Il était quasiment minuit lorsqu'elle passa devant son café et devant chez le docteur Gutenberg.

« Toutes les lumières sont éteintes, il n'y a pas âme qui vive », songea-t-elle.

Alors elle rentra chez elle avec Gustave et le porta à l'intérieur tout en lui parlant.

Elle ne l'avait jamais vu si sale. Son poil était tout collé par endroit.

Elle lui installa un petit coin avec eau, nourriture et panier pour dormir douillettement. Ce qu'ils firent tous les deux, jusqu'au petit matin.

En effet, Colline avait encore mis son réveil à 5 h 30 pour finir ses chouquettes, il lui fallait à présent les garnir de différentes saveurs.

Chapitre 25 – Axelle

Après trois jours de travail assidu à la S.P.A., Axelle dut faire une pause : elle avait son rendez-vous chez le Docteur Gutenberg ce vendredi à 9 h. Plus les jours passaient, plus son humeur évoluait. Elle se sentait moins lourde le matin en se levant, moins oppressée, moins angoissée.

Elle était heureuse de retrouver le Docteur Gutenberg et son chat, Gustave.

Adèle, sa mère, l'accueillit à son réveil avec beaucoup d'amour comme à son habitude, et Axelle lui en était infiniment reconnaissante.

Elle saurait lui rendre tous les sacrifices que sa mère faisait pour elle.

Elle ne savait pas encore comment, mais elle le ferait.

En attendant, leur relation était un peu oppressante, Axelle se sentait obligée d'aller mieux pour permettre à sa mère de revivre.

Arrivée chez le Docteur Gutenberg, Adèle laissa sa fille entrer seule dans le cabinet et l'attendit au café de la première fois.

Ce n'est pas le Docteur Gutenberg du lundi qu'Axelle vit ce jour-là, il lui semblait stressé, inattentif et faisait les cent pas à l'intérieur du bureau de consultation dont la porte était restée ouverte.

Arrivée devant lui, il n'eut d'autre choix que de la remarquer et la salua :

- Bonjour Axelle, désolé je ne t'ai pas entendu entrer. Assieds-toi veux-tu.

- Bonjour Docteur. Vous allez bien ? demanda-t-elle soucieuse.
- Oui, ne t'en fais pas.
- Gustave n'est pas là ? demanda Axelle.

Le Docteur Gutenberg s'assit soudainement :

- Justement, je ne sais pas où il est. Il n'est pas rentré hier soir et cela ne lui est encore jamais arrivé. Je dois t'avouer que je suis inquiet.

Puis prenant conscience de son égarement, il tenta de mettre ses inquiétudes de côté et poursuivit :

- Excuse-moi Axelle, parlons de toi à présent. Comment te sens-tu aujourd'hui ?

Axelle ne comprit pas ce qui lui arrivait, elle parlait, racontait tout. Plus elle parlait, plus se libérait et ; plus elle se libérait, plus elle parlait.

Le Docteur Gutenberg, visiblement toujours inquiet au début de la séance, semblait se réjouir sincèrement de l'état d'Axelle.

- Donc je me demande si j'ai vraiment envie d'avoir un chat et de le choisir parmi tous ceux qui sont là-bas, ou si je préfère ne pas en privilégier un, et continuer à m'occuper de tous.
- En devenant bénévole par exemple ?

Axelle s'apprêtait à répondre lorsque quelqu'un toqua à la porte.

Face à cette interruption inhabituelle, le Docteur Gutenberg se leva en s'excusant auprès d'Axelle.

Chapitre 26 – Colline

Pour la première fois de sa vie de tenancière, Colline avait dû prendre sa voiture pour se rendre au café. Entre Gustave et les chouquettes, elle était trop encombrée.

Arrivée aux aurores, Colline n'eut aucune difficulté à se garer, elle déchargea ensuite son bardât en appréciant la fraîcheur matinale et le silence qui régnait dans la rue.

Depuis le début de semaine, Colline ne tenait plus en place, elle cuisinait sans cesse et se demandait si la production de l'émission allait l'appeler.

Ce qui était un jeu au début devenait maintenant une obsession.

Son humeur changeait sans cesse, ils allaient l'appeler, elle en était sûre.

Mais s'ils ne le faisaient pas, c'était parce qu'elle était nulle, elle le savait au fond d'elle ; ou alors c'est parce qu'elle était trop grosse et qu'elle ferait tache à l'écran.

De toute façon, il valait mieux qu'ils ne l'appellent pas, cela lui éviterait de se ridiculiser aux yeux de tous.

Pour chasser ses idées qui la tyrannisaient, Colline avait l'habitude de se plonger dans le travail. Encore aujourd'hui, le café fut ouvert aux alentours de 6 h 30, et vit arriver quelques nouveaux clients, certainement des gens dont les horaires de travail étaient incompatibles avec une ouverture à 7 h 30.

Gustave ne demandait pas son reste, sa péripétie de la veille l'avait épuisé.

Colline cavalait entre ses clients, la préparation de ses plats du jour et les explications concernant ses chouquettes à la crème pralinée ou à la chocolatine dont tout le monde se délectait.

Aux alentours de 9 h, elle se dit qu'il était temps d'y aller, prit Gustave dans ses bras et l'amena au docteur Gutenberg.

Pauvre homme, il eut l'air vraiment soulagé lorsqu'elle toqua à la porte de son cabinet pour lui donner son précieux chat.

À peine avait-elle rejoint à nouveau son café que son portable sonna.

Chapitre 27 - Gustave

Plus Je Me repassais le fil des évènements, plus Je Me disais que quelque chose M'échappait.

Pourquoi s'enfuir en Me voyant ?

Depuis qu'elle était venue Me chercher chez l'Humaine à roulettes, la responsable de Ma Cour avait par contre repris ses habitudes : elle Me portait à nouveau dans ses bras et Me préparait de bons plats.

Peut-être que la reprise de la normalité était en bonne voie finalement.

Mon humain célébra Mon arrivée comme il se devait et l'humaine muette de la dernière fois M'avait cajolé tout le temps de sa présence dans la pièce.

Elle était d'ailleurs beaucoup moins muette que la dernière fois et dégageait une multitude d'énergies différentes qui changeait à une vitesse fulgurante.

C'était assez enrichissant en termes d'ondes, mais aussi fatigant.

Je M'endormis sur ses genoux et sentis que l'on Me transportait à nouveau pour me loger sur mon fauteuil.

Chapitre 28 – Adèle

Au bout de quarante-cinq minutes, Adèle avait bu deux cafés dont un lui avait été offert par la gérante Colline ; elle avait mangé quatre chouquettes, deux au chocolat et deux au praliné, elle avait salué toutes les personnes entrant dans le café et dit au revoir à toutes celles qui en sortaient.

Elle avait aussi suivi les aventures de Colline.

Après être sortie avec le chat du psy dans les bras et être revenue sans, elle avait reçu un appel, très important. Elle s'était dirigée vers le groupe des habitués et leur avait fait signe de la main :

- Oui, c'est bien moi. Oui, il paraît qu'ils ont fait cela … c'est vrai ? Quand ? Oui ça va aller je vais trouver une solution. Où ça ? Oui, je vois bien. Merci. Merci beaucoup, c'est… c'est super. Au revoir

À peine avait-elle raccroché que tout le petit groupe sauta de joie, Colline dû rejouer la conversation des dizaines de fois tant chacun tentait de connaître l'intention suggérée par telle ou telle phrase prononcée par la personne au bout du fil.

Le petit groupe était transporté et Colline apporta de nouveau une dizaine de chouquettes organisant une distribution générale.

Le plus jeune type du groupe filmait certaines scènes et Adèle trouva que Colline se pliait volontiers au jeu de la caméra.

Adèle ne vit pas le temps passer et sursauta en voyant 9 h 45 à sa montre. Elle régla son café, remercia Colline et dit au revoir.

Elle rejoignit le cabinet et allait frapper à la porte au bout du couloir lorsqu'elle s'ouvrit sur le Docteur Gutenberg.

Ce dernier salua Adèle et demanda à Axelle de les attendre dans le couloir quelques instants.

Après avoir refermé la porte, il commença ;

- Je suis vraiment agréablement surpris, Axelle semble avoir fait beaucoup de chemin depuis lundi. S'est-il passé quelque chose de particulier, je veux dire en dehors de notre première séance ?
- Ne le prenez pas mal, mais je crois que votre chat, Gustave c'est ça ?

Il acquiesça, elle poursuivit :

- Eh bien, Gustave a joué un énorme rôle ! Il lui a donné l'envie d'avoir un chat.
- Oui, d'accord. Alors j'imagine que c'est le fait d'avoir fait naître cette envie qui a fait redémarrer la vie à l'intérieur d'Axelle. Bien, c'est très bien, dit-il comme à lui-même.
- Oui c'est vraiment un énorme progrès. Elle parle des animaux et veut les voir tout le temps. Le début de quelque chose !
- Vous pouvez être fière de vous, elle peut compter sur le cadre sécurisant que vous lui offrez pour avancer sereinement. Vous allez pouvoir lâcher un peu et reprendre le cours de votre vie.
- Oh, ça, c'est une autre histoire, vous savez. J'ai perdu mon emploi depuis et je vous avoue que j'ai une haine profonde, pas de toute l'humanité, mais pas loin. Je vois le mal chez tout le monde. Sauf dans cette rue, c'est marrant d'ailleurs, j'ai confiance en vous et me sens très bien au café à côté aussi.
- J'imagine que c'est un traumatisme pour vous aussi, vous êtes en quelque sorte une victime collatérale.

Adèle baissa les yeux, c'était la première fois que quelqu'un mettait des mots sur ce qu'elle ressentait. Elle avait pensé que si cela devait arriver un jour, cela la soulagerait. Mais en fait, cela la submergea. Un torrent de larmes coula de ses yeux et s'arrêta aussi net qu'il avait débuté. Le Docteur Gutenberg poursuivit :

- Vous allez devoir prendre soin de vous Adèle. La vie reprend. Vous accordez énormément d'importance à votre fille, c'est certainement votre raison de vivre. Sachez que c'est réciproque, sans vous, Axelle ne pourrait pas tenir le coup. Prenez soin de vous, parfois pour guérir, il faut agir. Avez-vous déjà pensé à engager une procédure judiciaire contre ces personnes qui ont fait du mal à Axelle ?
- Oui, mais ...

Connaissant la réponse, Le Docteur devança :

- Il existe l'aide juridictionnelle, vous savez. Cela peut avoir un coût très bas, voire nul en fonction de l'avocat que vous choisirez.
- Peut-être, mais il faut être certain de gagner, sinon ce serait la double peine.
- C'est un risque à prendre qui pourrait s'avérer être bénéfique, quelle qu'en soit l'issue. Prenez le temps d'y réfléchir, s'il vous plait pour vous et pour Axelle.

Chapitre 29 - Angélique

Après le départ de Colline l'autre soir, Angélique avait encore attendu un peu de temps dans sa chambre avant de sortir. Puis se souvenant que toutes ses fenêtres étaient encore ouvertes elle se décida enfin à quitter son refuge. Prudemment et à pas de loup, Angélique rejoignit la pièce principale et l'inspecta d'un coup d'œil. Une fois certaine que rien ni personne ne s'y cachait elle se planta devant sa commande domotique et attendit, l'inspiration sans doute. Elle n'avait aucune idée de comment fonctionnait ce machin. Elle téléchargea la notice sur son téléphone et réussit à fermer ses fenêtres puis ses volets. Angélique s'en voulait de ne pas avoir pris cette peine avant, cela lui aurait évité cette frayeur inutile. A présent, elle n'avait plus le choix.

À vrai dire, elle n'en avait plus que deux.

Soit l'humanité décidait d'éradiquer tous les chats du monde, ce qui était peu probable dans la mesure où la plupart de ses congénères les adoraient, soit elle trouvait une solution intrinsèque.

Elle pourrait commencer à en parler lors de son rendez-vous chez le médecin.

Le reste de la semaine se passa sans encombre, heureusement d'ailleurs. Angélique considérait avoir eu son lot d'émotion pour le reste du mois, voire de l'année.

Elle n'avait fait que travailler sur des nouvelles affaires qui lui avaient été attribuées au fur et à mesure de la semaine et qu'elle récupérait au dernier moment.

Angélique en prit son parti, décida de ne pas s'en offusquer et de prendre son mal en patience. Son heure viendrait, elle en était sûre, ou du moins il fallait l'espérer.

En tout cas, en attendant, elle avait le sentiment qu'il se tramait quelque chose et que ses collègues étaient loin de lui faciliter la tâche.

Déterminée à être irréprochable, Angélique était au bureau aux aurores et travaillait d'arrache-pied, malgré sa douleur au bras.

À 10 h, comme chaque vendredi elle était dans la salle de réunion et attendit. 10 h 10, 10 h 15. Elle sortit de la salle et se dirigea vers le bureau de Gérard le salopard. Ce dernier était en pleine réunion avec Gaby. Il l'aperçut à travers la cloison vitrée et lui fit signe d'entrer :

- Oui Angélique ? Que puis-je pour toi ?
- On n'a pas réunion de direction ?
- Si, mais à 10 h 30, comme je l'ai précisé dans mon dernier mail. Tu lis pas tes mails ou quoi en ce moment ? demanda Gérard.
- Si, je suis à jour pourtant. Je comprends pas. À tout à l'heure.

Angélique détestait perdre son temps, c'était chose faite.
Elle détestait avoir l'air ridicule, c'était chose faite également.
Mais elle détestait par-dessus tout ne pas comprendre les situations.
Elle retourna à son bureau, se mit sur ses mails et éplucha tout, ses mails envoyés, ses spams, ses brouillons, ses archives en ligne et pour finir sa corbeille.
C'est ici qu'elle trouva les mails que Peggy, l'assistante de Gérard, lui avait envoyé et qu'elle n'avait pas reçus.
Incompréhensible.
Elle fixait le dernier mail qu'elle était censée avoir reçu quand un détail lui sauta aux yeux.

En tout petit, une mention faisait état de « supprimé par Sarah aujourd'hui à 8h37 ». Cela devenait plus clair … elle regarda le précédent mail, il indiquait une suppression par Sarah également. Le logiciel permettait aux assistantes de gérer les mails de leurs avocats, depuis leurs propres ordinateurs.

À quoi jouait-elle ?

N'y tenant plus, elle appuya sur le bouton de son téléphone lui permettant d'appeler Sarah directement.

Occupé, comme d'habitude.

Bon sang, mais que se passait-il ici ?

Avait-elle fait quelque chose de mal lui valant les foudres de Sarah ?

Il ne fallait surtout pas réagir à chaud, il fallait prendre le temps de réfléchir et utiliser l'avantage qu'elle avait sur elle pour agir.

En effet, Sarah ne semblait pas savoir qu'Angélique s'était rendu compte de son petit manège.

Angélique ravala sa rage et fila en réunion de direction. Elle n'ouvrit pas la bouche même quand les blagues lui étaient directement adressées, elle ne répliquait pas.

Pour la première fois de sa vie, elle sentait qu'elle n'avait pas les rennes. Il lui fallait un peu de temps, mais bientôt elle serait déterminée à les récupérer.

On jouerait bientôt avec ses règles du jeu à elle.

- Angélique, comme tu es une femme tu prends l'affaire du divorce avec la femme fourbe, OK ?

Silence autour de la table, Gérard, qui tout doucement perdait le *lead* de la réunion au profit de Gaby qui riait de manière démesurée à cette blague. Gérard tenta de reprendre la main, imposant à tous une formation de mise à jour en procédure pénale devant se dérouler un mois plus tard.

« Cela est apaisant de ne pas être sans cesse en train de répondre aux provocations », pense-t-elle en sortant de la salle de réunion une fois celle-ci terminée.

Il était à présent midi et Angélique souhaitait prendre de l'avance sur ce nouveau dossier avant d'aller chez le médecin.

À 13 h 30, elle quitta le cabinet et se rendit à pied chez le docteur.

Arrivée un peu en avance, elle mit son portable sur silencieux et alluma une cigarette en reprenant mentalement sa liste des choses à faire : « piéger

Sarah », « comprendre pourquoi », « trouver une solution pour le siège social ».

Sa cigarette terminée, elle entra dans la salle d'attente lorsque la porte donnant sur le cabinet de consultation s'ouvrit sur un médecin d'une petite trentaine d'années.

En la voyant, il eut l'air étonné puis sourit.

- Bonjour, dit-il comme s'ils se connaissaient, c'est à nous, je suis le Docteur Gutenberg.

Angélique entra et retira sa veste avec difficulté.

- Bonjour, dit Angélique, vous êtes de famille avec le psychologue ?
- Oui, tout à fait, c'est mon frère aîné. Alors vous avez mal au bras droit ? dit-il en grimaçant.
- Oui, répondit Angélique en se disant que ce médecin était perspicace, un idiot a ouvert sa portière au moment où je passais.
- Un idiot ? fit-il avec un sourire étonné et en commençant à l'examiner.
- Oui, j'étais en trottinette et BAM, il ouvre sa portière et je m'écroule sur le côté droit.
- Oui certainement un idiot, vous avez raison.
- Oui c'est sûr, dit-elle.

Pris d'un doute, il poursuivit tout en la manipulant pour identifier les mouvements qui étaient douloureux :

- Ça s'est passé quand votre accident ? Lundi ?
- Oui, lundi. Comment le savez-vous ? J'ai trop attendu avant de voir un médecin, demanda-t-elle.
- Oui, vous avez trop attendu. Les gens à vélo et en trottinette ne font attention à rien, ils se conduisent comme de véritables idiots.
- Je vous demande pardon ? Aïe, vous me faites mal ! Et je me sens pas concernée par ce que vous dîtes, je suis très prudente en trottinette. J'y peux rien si un crétin m'a fait ça !
- Je suis désolé, mais c'est très grave pour votre bras.
- Ah bon ? C'est-à-dire ? fit-elle soudain très inquiète.
- Je pense qu'il va falloir opérer.
- On fait pas une radio avant ?

- Pas la peine, je suis sûr de moi.
- Vous me faites marcher, c'est ça ? demanda Angélique les yeux suppliants.

Arrêtant les mouvements de son bras, le docteur répliqua :

- Et vous ? Vous me faites marcher ?
- Non, pourquoi je vous ferais marcher voyons ? Angélique ne comprenait rien à ce qu'il se passait.
- C'est moi qui ai ouvert la portière lundi.

En disant cela, il fit tourner son bras et le tira légèrement et le fit craquer. Angélique bondit. Angélique était comme sonnée, partagée entre l'envie de rire et de l'engueuler. La douleur de son bras s'était légèrement estompée, et elle ne sentait plus de blocage.

- Vous n'avez rien, reprit-il. Juste des contractures musculaires au niveau des cervicales, ce qui explique vos douleurs dans le bras.

Angélique était soulagée.

- Par contre, je vous ai vu conduire votre trottinette et franchement, vous auriez pu tourner un clip de la sécurité routière pour sensibiliser aux risques de la conduite en état d'ivresse. Que vous est-il arrivé ? Pourquoi avez-vous zigzagué comme cela ?

Angélique rit un peu et expliqua :

- Vous allez vous moquer de moi si je vous explique.
- Vous voulez dire, encore plus ?

Angélique rit franchement et expliqua sa phobie des chats. Le docteur partagea volontiers ses éclats de rire et reprit :

- Pour cette fois vous vous en tirez bien, mais la prochaine fois cela pourrait être plus grave.

Se remémorant l'épisode des fenêtres ouvertes, Angélique se dit que cela était évident. Un jour, à cause d'un chat elle ferait vraiment un truc grave avec de vraies conséquences.

- Il faut faire quelque chose, vous connaissez un spécialiste ?
- Oui, justement le propriétaire du chat, votre frère.
- Un conseil, prenez rendez-vous et commencez une thérapie pour vaincre cette phobie. En ce qui concerne votre accident, je vous

prescris un décontractant musculaire et du repos, surtout au niveau de ce bras, ajouta le Docteur.

- Je veux bien prendre un décontractant, mais du repos, c'est un peu compliqué ! Je ne suis pas ambidextre !
- Faites au mieux, voyez un ostéo si vous pouvez ce serait mieux.
- Merci beaucoup, Docteur.
- Je n'ai rien fait ! Et, justement, ne me remerciez pas, n'oubliez quand même pas pourquoi vous êtes là.

Angélique se dit que ce docteur avait sans doute raté sa vocation de clown ou au moins de comique vu la répartie qui l'habitait. Ils se saluèrent et elle reprit sa route vers le cabinet. En chemin, elle prit son portable pour enlever le mode silencieux.

Le sourire qui ne l'avait pas quitté depuis sa consultation médicale s'envola lorsqu'elle vit ses textos et qu'elle écouta sa messagerie.

Chapitre 30 – Axelle

Axelle avait tout entendu de la conversation du Docteur Gutenberg avec sa mère. La question d'envisager un procès lui avait trotté dans la tête pendant tout le trajet en voiture. Visiblement sa mère semblait aussi contrariée qu'elle, puisque cette dernière, malgré son côté habituellement bavard, n'avait pas dit un mot.

Elles arrivèrent chez elles en milieu de matinée et Axelle monta directement dans sa chambre. Elle s'allongea sur son lit et une vague de fatigue intense la submergea.

Il faut dire que cette semaine avait été très chargée et pas seulement émotionnellement. Entre ce début de travail sur sa reconstruction avec le Docteur, la rencontre avec Gustave, la découverte du monde de la SPA., elle se sentait lessivée. Heureuse, mais lessivée.

La légèreté qu'elle commençait à ressentir davantage chaque jour lui sembla par contre moins probante depuis que la question d'un procès était entrée dans sa tête et que les hypothèses de réussite ou d'échec tournaient en boucle.

Bientôt un autre tiraillement arriva.

Si elles décidaient de s'engager dans cette action en justice, il lui faudrait tout raconter en détail, à des tonnes de personnes et des tonnes de fois.

Cela voulait dire pour elle, revivre sans cesse cette épreuve, en était-elle capable ?

Ces réflexions plein la tête, Axelle s'endormit et sombra dans un sommeil de plomb qui n'était pas sans rêves. En effet, à peine eut-elle fermé les yeux que des images mêlant des souvenirs réels et imaginaires de son expérience sur les réseaux sociaux émergèrent :

George Orwell : Tu ve étr mon ami ?
George Orwell : Tu ve étr mon ami ?
George Orwell : Tu ve étr mon ami ?
George Orwell : Tu ve étr mon ami ?
George Orwell : Tu ve étr mon ami ?
George Orwell : Tu ve étr mon ami ?
George Orwell : Tu ve étr mon ami ?
George Orwell : Tu ve étr mon ami ?
George Orwell : Tu ve étr mon ami ?
George Orwell : Tu ve étr mon ami ?
George Orwell : Tu ve étr mon ami ?
George Orwell : Tu ve étr mon ami ?
George Orwell : Tu ve étr mon ami ?
AX-L : laisse-moi tranquille avec ta tête de ouf.
George Orwell : mé je ressenbl pa a sa en vrai ! Je mé pas ma foto je me trouve trop cheum.
Ax-L : ah ouais lol. bah t'aurais pu trouver une autre photo que celle-là ! Parce que ça m'étonnerait que tu te fasses des amis comme ça ! Lol.
George Orwell : oué ta raison. Je vé changé de photo. On peut se faire une conv ? mdr.
Ax-L : ouais vas-y.
George Orwell : tu tapel comen ?
Ax-L : Axelle et toi.
George Orwell : nan cé vré ? Moi oci je m'appel Axelle.
Ax-L : bah c'est qui George alors, ton père ? mdr.
George Orwell : nan cé un keum ka écri des livr, j'ai vu sa. Il dit que les por sont kom nou mdr.

Ax-L : sérieux ? trop chelou le mec.

George Orwell : tu pe menvoyé des fotos ?
Ax-L : de quoi ?
George Orwell : ba de toi.

Ax-L : t'as reçu mes photos ?
Ax-L : tu les as eus ?

George Orwell : dsl, g pa pu rép avan, il mé arivé dé truk de ouf
Ax-L : vas-y raconte-moi.

George Orwell : put1 gen é mar. C vrémen des poufiace dan mon licé.
Ax-L : oué moi pareil. Trop des pétasses. J'ai le sum à chaque fois que je les vois. Elles font genre personne n'existe à part elles.
George Orwell : té dan kel licé dja ?

George Orwell : G trop kifé ton pull rose auj8.
Ax-L : comment tu sais ?
George Orwell : GT vu.
Ax-L : au lycée ? bah fallait venir me voir.

George Orwell : Tu ve étr mon ami ?
George Orwell : Tu ve étr mon ami ?
George Orwell : Tu ve étr mon ami ?
George Orwell : Tu ve étr mon ami ?
George Orwell : Tu ve étr mon ami ?
George Orwell : Tu ve étr mon ami ?

AX-L : arrête c'est trop chelou quand tu fais ça. Au fait tu m'as toujours pas montré qui t'étais. Envoie une photo de toi !
George Orwell : G fé mieu ke sa, jtenvoi 1 vidéo.

Axelle se réveilla en sursaut au moment où la personne revêtant une tête de cheval décapita un cochon et lui ordonna d'en faire de même, sauf que cette fois ce n'est plus elle la victime, mais Aude.

À son réveil, comme à chaque fois qu'elle faisait ce rêve Axelle était envahie par les sanglots. La différence, cette fois demeura dans un nouveau sentiment qu'elle éprouva : la colère.

Le docteur Gutenberg avait certainement raison sur un point, il était nécessaire d'agir, mais pour les autres, pour empêcher que cela ne se reproduise.

Axelle se leva et alla voir sa mère.

Chapitre 31 – Colline

- Mais si tu dois le faire ! insista Louise depuis le début de la matinée.
- C'est vrai tout le monde le fait, si tu veux gagner, il te faut des followers, renchérit Giovanni.
- Vous êtes sûrs ? demanda Colline. Pourquoi pas, mais j'y connais rien !
- Moi je peux t'aider, dit Ghislain plein de conviction.

Tout le petit groupe explosa de rire.

- Non c'est vrai, je m'y connais bien avec l'internet.

L'hilarité générale n'arrêta pas le sage qui avait commencé la démonstration de l'étendue de ses connaissances en matière de réseaux sociaux.

- Si tu es d'accord, je crée tes comptes et je te montre, dit Giovanni.
- Je suis d'accord. Si ça marche ! Plats du jour offerts tous les lundis pour vous.
- Si ça marche, tu nous oublieras ! dit Louise par provocation.
- Si ça marche, je vous dois tout, les amis.
- Tu commences à tourner quand au fait ?
- Lundi matin et ça passe dès lundi soir !

Colline passa le reste de la journée à servir ses chouquettes et à couvrir ses clients de toutes les attentions pendant que Giovanni prenait en main sa communication. Les autres habitués, eux, avaient préparé des petits flyers expliquant l'histoire de Colline ainsi que sa participation prochaine à l'édition spéciale de « Premier en cuisine ».

Chapitre 32 – Angélique

« Angélique, Angélique, Angélique ! Je viens d'avoir un appel des clients pour l'affaire des protéines sportives, tu devais plaider en référé à 14h au TA. Ils m'ont dit que personne du cabinet n'était là. Gaby me dit que vous vous étiez partagé le travail et que tu avais insisté pour plaider le référé ! Mais t'es où ?? Je te jure tu fais n'importe quoi en ce moment. Pour moi c'est la fois de trop, t'es virée. Viens chercher tes affaires et file tes dossiers à Gaby ! »

Angélique arrêta de marcher. Elle s'assit le long d'un muret à même le sol et attendit que le ciel arrête de lui tomber la tête. Elle resta assise là des minutes, des heures ou des jours entiers, elle ne le sut pas. Son esprit avait comme quitter son enveloppe corporelle.

Incapable de savoir combien de temps elle était restée assise dans la rue, ni comment faire pour que son esprit regagne son corps, elle puisa dans ses forces pour se relever et regagner son appartement.

La route lui sembla à la fois interminable et hors du temps tant le brouillard cotonneux dans lequel elle se trouvait était à la fois onirique et réel. Les gens qu'elle croisait devaient certainement la trouver lente, car pour la première fois de sa vie, Angélique se fit doubler par les passants.

N'étant plus sûre de rien, le pilotage automatique d'Angélique finit par la faire arriver chez elle avaler d'un trait un quart de sa meilleure bouteille de rhum arrangé.

Elle s'écroula et dormit d'un sommeil au parfum de vengeance. Malgré le choc, les vapeurs d'alcool et le fait qu'elle soit endormie, Angélique voyait ses idées délirantes prendre l'allure d'un plan cohérent et précis.

Elle fut tirée de ses douces rêveries par une douce mélodie : son téléphone sonnait.

Sarah tentait de la joindre :

- Angélique ? C'est moi, Sarah. Putain je suis dégoutée.
- Moi, par contre, je le prends très bien.
- Sérieux ?
- Bah non voyons ! On t'a pas appris à faire de l'humour pendant ton petit voyage avec le cabinet ?

Angélique explosa de rire : elle était toujours saoule.

- Angélique, tu es blessante. Je t'appelle pour te soutenir et toi tu te fous de ma gueule.
- ...
- Je viens d'apprendre la nouvelle, tu le sais depuis quand ? demanda Sarah
- J'ai un message vocal de Gérard qui date de 14 h.

Oubliant sa stratégie visant à piéger Sarah pour savoir si elle était complice, Angélique décida d'être franche :

- Je ne comprends pas. Enfin si, je comprends tout ce qu'on me reproche, mais je ne comprends pas comment je n'ai pas eu toutes les infos : les mails, les convocs, les mémoires à faire. En plus, Sarah, la plupart des trucs dont je te parle, je te les avais confiés. C'est toi qui devais me prévenir des dates de convocations, c'est toi qui devais envoyer les mémoires aux clients.
- Quels mémoires ?
- Les nouvelles affaires qu'on m'a confiées lundi, j'ai tout bouclé le jour même et je t'ai tout envoyé par mail mardi matin aux aurores ! dit Angélique.

- J'ai rien eu !
- Arrête, tu m'as même répondu « OK, ça roule ».
- Non je te jure je n'ai rien eu et je ne t'ai pas répondu !
- Qui m'a répondu alors ? demanda Angélique.
- Personne … mais Angélique ?
- Quoi ? oh non me dis pas que tu continues à laisser ta session ouverte tout le temps !
- Jamais j'aurais pu imaginer que quelqu'un soit mal attentionné à ce point, soupira Sarah.
- Maintenant tu peux l'imaginer ? En plus t'as l'air de bien t'entendre avec celui qui a fait ça …
- Oh non c'est pas ? s'inquiéta Sarah.
- Si, lui-même.
- Oh putain, tout est de ma faute.
- Dis pas de conneries, tu lui as pas donné ton PC en lui disant, vas-y fais toi plaiz, nique-lui sa carrière ?
- Et les convocations ? Pourquoi tu me les as données hyper tard ! poursuivit Angélique.
- Mais moi-même je venais de les avoir.
- Bon bah voilà.
- Angélique ?
- Oui.
- Moi aussi je crois que je me suis fait avoir.
- Ramène tes fesses chez moi, mais avant préviens le bureau d'aide juridictionnelle que je ne pourrai pas assurer la permanence demain. Tu me raconteras aussi pourquoi tu m'as tiré cette tronche toute la semaine.
- OK. Ouais je suis pas fière de moi, tu sais. J'arrive, dit Sarah.

Chapitre 33 – Colline

Un homme de taille moyenne, le visage rond et le crâne dégarni franchit les portes de « Chez Colline ». Il entra dans le café comme un seigneur qui rentrerait chez lui après une longue absence. Sur le pas de porte, il prit une pose étrange et scruta le lieu dans son intégralité.

Une fois qu'il eût repéré Colline, il s'approcha d'elle et l'enlaça comme aux premiers jours.

Bluffés par une si belle démonstration d'amour, quelques clients applaudirent et d'autres furent gênés. Les habitués, eux, eurent l'air furieux.

Colline ne dit rien, elle était sonnée par ce baiser qu'elle n'avait pas vu venir et tenta de sauver les apparences en souriant d'un air absent.

Il était fidèle à son souvenir : tout en démonstration, tout en extraversion. Avec une complexité infinie à l'intérieur.

Colline reprit son service comme si de rien n'était et lui, alla s'asseoir au bar comme il le faisait, avant.

Tout en continuant son inspection visuelle des lieux, l'homme ne put s'empêcher de remarquer les changements depuis son absence : des nouvelles couleurs, des fleurs (trop !), beaucoup de nouvelles têtes, et surtout plein de gâteaux partout ! De toutes les couleurs, de toutes les odeurs, de toutes les tailles, de toutes les formes et certainement de tous les goûts.

Comme prit d'une envie irrépressible de goûter les gâteaux, l'homme se leva et s'en approcha. Il commença à gouter les gâteaux avant de les remettre en place sur le présentoir, amputés d'une partie.

Les habitués, qui observaient la scène d'un air mauvais, savaient pertinemment quel jeu jouait cet homme et cela n'avait rien d'innocent.

Colline aurait aimé pouvoir réagir, mais elle en fut incapable.

Alors que tout le monde le regardait, l'homme poursuivit mon manège, goûtant à tous les gâteaux, levant les yeux au ciel et en émettant des bruits de dégustation peu ragoûtants. Il finit par conclure à l'attention de Colline, mais suffisamment fort pour que tous les clients l'entendent :

- Et bien tu as récupéré les invendus de la cantine de la maison de retraite ?!

Il explosa alors de rire, sous les regards gênés des clients.

Ghislain et Louise s'avancèrent vers lui :

- Mais non ! ça suffit maintenant ! T'es vraiment une pourriture, barre-toi, lui lança Ghislain.
- Colline a fait toutes ces pâtisseries elle-même ! Et elle peut en être fière ! Elle fait tout toute seule depuis que tu l'as abandonnée, espèce de lâche, poursuivit Louise.

Giovanni s'en mêla :

- Elle a le courage, une fois qu'elle a tout fini de rentrer chez elle et de tout préparer pour ses clients qu'elle adore. Il ne vous a pas échappé je crois que ce commerce revit, à croire que vous le faisiez mourir. Colline aussi, d'ailleurs revit ! Elle entreprend plein de nouvelles choses.

Les interventions de cette petite bande glissant totalement sur le cuir de cet individu, ce dernier s'alluma une cigarette en plein milieu du café, tandis que Colline devenait cramoisie.

Giovanni poursuivit :

- Vous êtes mauvais pour elle, laissez-la, c'est mieux pour tout le monde.

L'homme éclata de rire et déclara :

- Qu'est-ce qu'il veut le gamin ? Il veut s'en prendre une ?

Colline trouva enfin le courage d'intervenir et prit l'homme par le bras, l'entraînant vers la sortie :

- Arrête, tu vois bien que cela ne se fait pas.

L'homme se dégagea de l'emprise physique que Colline tentait d'avoir sur lui et décréta :

- Tu penses comme lui c'est ça ? Je suis une mauvaise personne ?

Elle ne répondit pas.

Il reprit alors :

- Tu m'as manqué Colline, je suis heureux de te retrouver. Je ne te décevrais plus, c'est promis.

Sur ces mots, il quitta son café.

Tout en le suivant du regard à travers les grandes baies vitrées, Colline aperçut Germain, prêt à intervenir.

DEUXIÈME PARTIE

Qui sème le vent récolte la tempête

Interlude – Gustave

Les choses changent, vous savez. Moi qui auparavant avais le sommeil si paisible et si lourd, Je Me retrouvais à sursauter au moindre bruit. Parfois la nuit Mon corps était agité de soubresauts, Mes babines bougeaient seules et J'émettais des petits cris. Je rêvais ou plutôt Je cauchemardais, Je sentais que quelque chose se tramait.

Une pensée se mit à Me hanter.

Vous savez, Ma place était si enviable, que Je ne M'étonnais pas qu'un humain soit prêt à tout, même à porter atteinte à Ma personne animale sacrée pour tenter de Me voler ma vie.

Je n'étais pas tranquille.

Cela n'avait rien à voir avec l'humain qui vivait chez nous depuis plusieurs mois maintenant. Je continuais par contre à avoir des doutes sur cette humaine en roulettes.

Une chose M'interpellait d'ailleurs à ce propos. Depuis le fameux jour de l'accident, elle n'avait plus de roulettes. Plus jamais elle ne passait en roulettes devant Mon Palais.

C'était pourtant évident. Il y avait forcément un lien clair entre ce que Je ressentais en ce moment et cet accident avec l'humaine à roulettes.

Cette humaine devait être à la tête d'un groupe d'humains jaloux souhaitant Me détrôner. Voilà pourquoi elle avait des roulettes et les autres, pas.

Il Me fallait envisager de la défier, et cela le plus vite possible afin de la prendre par surprise.

Cela ne devrait pas être trop difficile, J'en étais certain.

Après tout, Mes congénères passaient leur temps à ces démonstrations de forces. Certes Je n'en avais jamais vu aucun jouer ce drôle de jeu avec un humain, mais il fallait un début à tout et J'allais incarner ce changement dans les relations que les humains entretenaient avec nous, les êtres sacrés.

Il Me suffisait de Me dresser sur la pointe de Mes quatre pattes et de Me grandir au maximum ; de faire en sorte que Ma fourrure se gonfle et d'émettre ce son semblable à celui que font les tout-petits humains.

À n'en pas y douter, elle serait intimidée, voire elle aurait la frayeur de sa vie et renoncerait à ses plans abjects.

Motivé à entreprendre ce nouveau périple qui consistait à Me rendre chez l'humaine à roulettes, Je Me félicitais de Ma fabuleuse mémoire qui Me permit d'arriver à destination, mais cette fois en ayant parcouru le chemin à Mon rythme.

Vous n'auriez jamais pu imaginer à quel point Ma renommée s'étendait. Moi qui pensais n'être connu et respecté qu'à l'intérieur de Mon Palais, Je Me retrouvais sans conteste Maître d'une contrée plus étendue.

Sur Mon passage Mon aura semblait Me précéder et J'eus droit à des attentions dignes de Mon statut. On Me regardait, on s'exclamait en Me voyant, on Me caressait et Me gratifiait d'offrandes.

Comme cela était étrange, Je Me remémorais Mon premier voyage, lorsque Je tentais de ne pas M'égarer et suivais pratiquement en courant cette humaine étrange ; et Je ne Me souvins pas avoir eu autant d'égard.

Mon dieu comme Je pouvais parfois être bête. La bêtise habitait parfois, mais fort heureusement uniquement pour de rares instants, les esprits brillants ! C'était si évident, Mes adorateurs ne M'avaient tout simplement pas vu ce jour-là, J'allais trop vite !

Chapitre 1 – Angélique

Angélique n'avait pas bougé de son lit depuis l'appel de Sarah. Il lui semblait qu'elles venaient de raccrocher lorsqu'elle entendit frapper à sa porte.

Elle se leva du lit et se dirigea avec grand mal vers sa porte d'entrée en songeant qu'il serait important de manger quelque chose. Elle dut mettre facilement trois minutes à rejoindre son entrée. On frappa d'ailleurs plusieurs autres fois et cela ne cessa que lorsqu'Angélique cria :

- J'arrive !

Persuadée que Sarah serait derrière la porte, Angélique ne prit pas la précaution de regarder à travers le Judas. Quand elle ouvrit sa porte, Gaby se tenait là et à ses pieds trônait l'horrible chat du Docteur Gutenberg.

Prise de panique, Angélique referma la porte immédiatement.

À travers celle-ci, elle entendit :

- Je m'attendais à un accueil chaleureux, mais je n'imaginais pas à ce point.

Angélique se ressaisit et tenta de rester calme : « Et dire que ce crétin trouve que le moment est idéal pour blaguer sur ce qui m'arrive ! », se dit Angélique. Elle observait à présent la scène à travers son judas.

- Comment t'as fait pour rentrer ?
- Je suis entré en même temps qu'un de tes voisins et ton chat m'a montré le chemin.

- C'est pas mon chat.
- Hein ?
- Laisse tomber. Qu'est-ce que tu fous chez moi ?
- Merci pour cet accueil ! Je suis là, car Gérard m'envoie te délivrer un courrier en mains propres.

Devinant de quoi il s'agissait, Angélique vit son propre visage se déformer par la haine dans le miroir de son entrée. Elle eut finalement envie de faire entrer Gaby et de défouler sur lui toute la haine qu'elle avait physiquement contenue depuis le début d'après-midi. Mais elle respira profondément et se reprit :

- Glisse-le sous la porte.
- Je dois te le donner en mains propres, insista-t-il.
- Fais pas chier OK. Glisse-le sous la porte je l'attrape aussitôt.

Elle continuait de l'observer à travers le judas, superbe métaphore éponyme réalisa-t-elle en souriant et en le voyant se baisser pour lui obéir.

Puis son regard fut attiré par le chat. Ce dernier se livrait à un étrange manège, il était nettement plus gros que d'habitude comme si son pelage était dressé et il passait son temps à avancer et à reculer en émettant des bruits étranges.

Voyant Gaby se mettre à genoux pour glisser le courrier sous la porte, le chat fit quelque chose de totalement inattendu.

Il fit finalement ce qu'Angélique rêvait de faire.

Chapitre 2 – Gustave

Arrivé à bon port, Je préférais rester caché et ne grimpais pas sur le perchoir comme la dernière fois. J'attendis à côté du buisson de la porte d'entrée. J'eus le temps de Me faire un brin de toilette, car il est toujours important d'envisager les dernières potentielles heures de sa vie en étant propre.

Il faut savoir se présenter dignement avant l'annonce de sa réincarnation.

Cette option Me refroidit tout à coup.

Et si Je perdais ce duel finalement ?

Il est vrai que Je ne l'avais pas envisagé, tellement cela Me semblait absurde !

Il n'était plus temps de réfléchir pensais-Je, il était temps de sauver Mon honneur et Je préférais mourir en roi que vivre déchu.

Fort de cette maxime, J'entrais dans l'immeuble en même temps qu'un humain qui M'accorda peu d'attention.

Bientôt il frappa à la porte de l'humaine et attendit.

Il frappa à nouveau et la voix de l'humaine se fit entendre à travers la porte.

Très rapidement Mon instinct Me dit que quelque chose d'anormal se déroulait.

Pourquoi deux humains parlaient à travers une porte ?

Et soudain ce fut évident.

Cet humain avertissait sa reine que Je Me trouvais là, prêt à l'attaquer. Je bouillonnais.

Soudain l'humain s'agenouilla et commença sa révérence, certainement que l'humaine le bénissait et qu'il s'apprêtait à Me livrer bataille à sa place. C'était évident. Si Je voulais M'en sortir vivant, c'était maintenant qu'il fallait agir.

Alors J'agis.

Je bondis sur la tête du pauvre gueux en M'y accrochant de toutes Mes griffes. Il hurla et tenta de se lever. Puis avec ses mains, il essaya de Me déloger de sa tête, Je le mordis alors à plusieurs reprises et ne le lâchais plus.

L'humain au sol émettait des sons atroces et des ondes affreuses. C'était indigne que Je Me livre moi-même à ce combat songeais-Je brièvement. Je desserrais légèrement Ma prise et c'est là qu'il Me saisit par la nuque et M'envoya valser.

Léger comme un esprit divin, le court instant durant lequel Je Me trouvais dans les airs, il Me sembla être touché par la grâce. Puis Je retombais lourdement au sol, mon flanc droit heurtant les escaliers, Je fus déséquilibré.

L'humain se dirigeait à présent vers Moi, l'air menaçant.

Je rampais en Me dirigeant sous l'escalier, un endroit où il ne pouvait M'atteindre et attendis.

L'humaine ouvrit sa porte.

Je pensai que Mon heure était venue.

Ils étaient deux Je n'avais plus aucune chance.

L'humaine émit quelques sons aigus et forts, et l'humain à la tête ensanglantée partit après lui avoir donné un objet blanc, carré et fin.

Elle voulait Me finir seule, je pensais, et ainsi s'attribuer toute la gloire de la bataille.

Je n'avais pas la force de lutter.

Elle s'approchait de moi très prudemment et avait à l'oreille l'objet que les humains utilisent pour se parler à distance.

Pourquoi appeler du renfort alors qu'elle venait de renvoyer son soldat Me demandais-Je.

Je sentais Mes forces Me quitter, quand soudain la maxime Me revint à l'esprit : mourir en roi plutôt que vivre déchu. Mais une troisième option M'apparut : vivre roi et reine. Mon instinct Me dicta de sortir de Mon recoin et de M'avancer vers l'humaine.

Ma tentative échoua, car elle partit aussitôt.

Mais elle revint presque immédiatement avec un coussin et M'invita à grimper dessus.

Puis elle Me porta à l'intérieur de Son Palais.

Cela avait-il donc fonctionné ?

Chapitre 3 – Colline

Colline se sentait comme sur un nuage, mais légèrement plombée. Cela lui donnait donc un sentiment étrange de joie intense et de mal de ventre. Un bonheur et une angoisse simultanément.

Certes elle était stressée par le concours. Mais la véritable origine de son mal d'estomac était le retour de Guy, son mari. Pourquoi revenir après l'avoir laissée pour « son bien », et surtout pourquoi revenir maintenant ? Qu'avait-il fait durant tout ce temps ? Que comptait-il faire ? Colline se prit à espérer qu'il avait changé …

Sur ces questionnements, elle entra chez elle et reçut un texto de Giovanni : « euh je sais pas si tu es allé voir ton compte, mais tes vidéos ont pas mal de vues … je te laisse checker ». Le texto d'après contenait un lien à suivre pour consulter sa page Facebook. Les vidéos de la journée avaient plus de 2 000 vues chacune et des centaines de commentaires.

Immédiatement Colline songea à comment elle allait trouver le temps de répondre aux commentaires. Et comme par magie, Giovanni lui envoya un troisième message : « pas d'inquiétude surtout, je gère les réponses et je régule. À demain et beaux rêves ».

Quel bonheur songea Colline. Elle n'avait pas à s'en inquiéter et d'un coup elle songea qu'elle devenait quelqu'un. Elle se sentait exister pour la première fois de sa vie. Non pas en étant la fille de quelqu'un ni la femme de quelqu'un, mais bien en étant Colline et uniquement Colline. Comme elle n'était pas de nature solitaire, Colline se surprit à se demander si elle allait pouvoir partager son bonheur avec quelqu'un ou si elle serait condamnée à tomber sans cesse sur des personnes qui la rendraient malheureuse. Revoir Guy lui avait fait quelque chose c'était certain. Mais ce qu'elle avait éprouvé se rapprochait plus de la crainte que de l'amour, à moins que l'un n'aille pas sans l'autre. Elle ne savait plus, son esprit était embrumé, elle doutait de ce qui était normal ou non. À vrai dire, elle n'avait jamais su ce qui était normal, ce n'était pas nouveau. Si seulement sa mère avait pu rester suffisamment auprès d'elle pour lui apprendre la vie.

Peut-être que le secret n'était pas l'apprentissage d'une norme, mais au contraire l'apprentissage des tréfonds de sa propre âme déterminant l'axe de sa propre conduite, conforme à ses valeurs fondamentales se dit-elle. Et comme à chaque fois qu'elle était en prise avec sa tristesse, Colline regarda son fascicule des 365 pensées positives et le mit à la page du jour, espérant y trouver une réponse ou un clin d'œil à ses interrogations :

> *« L'important n'est pas ce qu'on fait de nous, mais ce que nous faisons nous-mêmes de ce qu'on a fait de nous. »*
>
> *Jean-Paul Sartre*

Alors Colline se dit qu'il était temps qu'elle accepte d'être elle-même sans se soucier des standards. Elle se promit d'essayer de s'accepter telle qu'elle était, en se concentrant sur ce qui la rendait vivante. Ce type de pensées positives la reboostait pour au moins quelques minutes, et cela était suffisant pour qu'elle oublie ses états d'âme. Elle sourit à l'idée que Sartre aurait moyennement apprécié se retrouver au milieu de citations en développement personnel.

Colline se dirigea vers sa cuisine et chercha l'inspiration de ce qu'elle s'apprêtait à concocter à ses clients, pour le lendemain. Une soudaine envie de noix de coco la prit et elle commençait à préparer ses ingrédients lorsque son téléphone sonna et que le prénom d'Angélique s'afficha.

Colline décrocha :

- Tu es encore enfermée dans ta chambre à cause du chat ? dit Colline en riant
- Euh, non cette fois, il est sous l'escalier du hall d'accueil de mon immeuble !

Colline écouta l'histoire.

Chapitre 4 – Sarah

Sur la route, Sarah se refaisait le film. C'était clair à présent, il n'y avait plus aucun doute à avoir. Ce salaud n'avait été avec elle que pour atteindre Angélique. Elle ne l'avait pas vu venir !

C'était d'une telle évidence à présent, que Sarah se trouvait idiote. Maintenant que le mal était fait, il ne servait plus à rien de s'apitoyer sur son sort, mais au contraire il fallait réagir et aider Angélique. Sarah se gara devant chez Angélique et croisa une dame qui transportait un magnifique chat avec différentes teintes de gris et les yeux clos. Elles se saluèrent de la tête. Sarah sonna et Angélique lui ouvrit.

Sarah ne put s'empêcher de regarder Angélique avec une mine mi-étonnée, mi-dégoûtée. Angélique commença les hostilités :

- Bah salut, au moins l'avantage avec toi c'est qu'on voit ce que tu penses ! Moi aussi je te trouve magnifique !
- Excuse-moi, dit Sarah, c'est juste que, enfin sérieux Angélique, t'es pas obligée d'être laide comme ça quoi !

Angélique se dirigea vers le miroir de l'entrée et se dévisagea. Il était vrai qu'elle avait pris dix ans en quelques heures à peine, que sa tenue de glande ne lui allait pas à ravir et que son chignon avait plus une allure de choucroute ovnienne que de coiffure.

- Ouais bon j'ai pas de coupe de cheveux, j'ai juste des cheveux et alors ? je t'ai pas demandé de venir pour me donner des conseils de beauté.

Sarah sourit, elle lui avait manquée. Elle la prit dans ses bras.

- Je suis désolée que tout soit parti en vrille comme ça, putain j'ai tout foutu en l'air.
- Vas-y raconte-moi, j'ai besoin de comprendre.

Sarah et Angélique travaillaient ensemble depuis une petite dizaine d'années et étaient arrivées quasiment en même temps au cabinet. Elles avaient grandi et appris le métier ensemble et avaient toujours été très proches, jusqu'à récemment.

- Ça fait quelques semaines que tu es hyper méfiante, et agressive, et sur la défensive et …
- Ouais OK, c'est bon, on a compris.
- Regarde ! tu vois, tu me coupes direct.
- OK, OK, vas-y, je t'écoute.

Angélique fit un effort surhumain pour écouter ce portrait peu reluisant que Sarah lui dressait d'elle-même, sans intervenir. Pour se donner du courage, elle se servit un nouveau verre de rhum et en proposa un à Sarah qui l'accepta puis poursuivit :

- Donc je disais, tu es devenue bizarre depuis que Gaby est en lice pour devenir associé. T'as commencé à prendre toutes les réflexions hyper mal, et eux du coup ils se sont dit que tu étais carrément devenue hystéro parce que tu étais jalouse de lui. Alors quand c'est comme ça, ça part en vrille forcément. Ils font plus de blagues, du coup tu surréagis et voilà le cercle vicieux. En plus tu passais carrément tes nerfs sur moi !
- Arrête ? Sérieux ?
- Oui, c'est vrai. Tu me parlais hyper mal, plus aucune patience, tu me reprochais tout et n'importe quoi.
- Putain …

Angélique se remémora ces dernières semaines et se passa en revue les situations que Sarah lui décrivait. Elle se souvint avoir été très stressée et tout le temps pressée, mais pas du tout avoir été agressive et intransigeante.

- En fait, j'ai carrément senti que ce connard de Gaby essayait de m'évincer.
- Oui ça c'est vrai.
- Alors ! Tu vois !
- Il était persuadé que tu voulais le plomber.
- Hein ? Mais n'importe quoi ! Enfin je veux dire, maintenant oui j'aimerais bien. Mais avant, rien à foutre de lui.
- Et bien lui était persuadé que, toi, tu voulais l'évincer.
- Du coup, c'est lui qui m'a évincée.
- Oui ça ressemble à ça …

Sarah reprit le fil des évènements et poursuivit :

- Pour moi ça s'est gâté pendant le voyage. Gaby et moi on s'est … on s'est rapproché. Il m'a dit que je méritais tellement plus dans la vie. Il a commencé à me dire que je pouvais avoir une place plus importante au sein du cabinet, à la hauteur de mes compétences. Et ensuite il m'a dit que tu freinais ma carrière, depuis le début.

Angélique explosa :

- Mais enfin comment veux-tu que je freine ta carrière c'est absurde !
- Il m'a dit que tu critiquais mon travail tout le temps et que tu racontais être obligée de passer derrière moi sans cesse tellement je faisais des erreurs.
- Entièrement faux ! Je ne t'ai jamais critiquée ! Mais enfin comment tu as pu le croire, alors qu'on s'est toujours parlé franchement toi et moi ?
- Oui je sais, j'ai honte, je me sens vraiment idiote de m'être laissée embobiner.
- Bon allez, laisse tomber, ce qui compte c'est ce qu'on va faire maintenant. Par contre avec ta tête d'émoticônes, il va falloir que tu arrives à rester neutre et à camoufler ce que tu penses, du moins jusqu'à ce qu'on y arrive ! Il ne faut pas qu'il se doute de quoique ce soit.

- Oui oui t’inquiète, je vais faire un effort, ce sera dur, il faudrait que je fasse des injections de botox à forte dose pour figer mon visage !

Elles rirent de bon cœur. Angélique lui raconta l’épisode du chat agressant Gaby et elles trinquèrent à la santé du chat.

Angélique commença à expliquer son plan.

Chapitre 5 – Adèle et Axelle

Après qu'Axelle lui ait fait part de sa détermination à engager des poursuites contre les personnes se cachant derrière l'avatar George Orwell, Adèle eut besoin de réfléchir et d'avoir une discussion avec le Docteur Gutenberg. Elle chercha alors ses coordonnées téléphoniques sur internet, car elle n'avait pris contact avec lui que par mail.

Elle tomba sur son autre cabinet situé quelques rues, celui dont il lui avait parlé. Le site internet permettait d'accéder au numéro de téléphone fixe du cabinet. Il était 18h30, elle tenta d'appeler.

Une dame décrocha :

- Cabinet médical, bonsoir.
- Bonsoir Madame, je souhaiterais parler au Docteur Gutenberg.
- Oui, bien sûr lequel ?
- Comment ça lequel ?
- C'est-à-dire que nous en avons deux.
- Euh, je ne sais pas vous préciser. Je suis la maman d'Axelle, c'est au sujet de ce qu'il m'a conseillé ce matin.
- Ne quittez pas, Madame.

Les quatre saisons de Vivaldi retentirent et la dame reprit le combiné :

- Madame, il termine ses consultations et vous rappelle, puis-je prendre un numéro s'il vous plait ?

Adèle donna son numéro de portable et raccrocha.

Elle rejoignit sa fille qui avait allumé la télé et regardait « Premier en cuisine ». Le présentateur annonçait la tenue prochaine d'une nouvelle émission et présentait les portraits des futurs candidats.

Adèle reconnut la patronne du café dans lequel elle avait attendu Axelle pendant ses rendez-vous et se souvint de l'effervescence qui y régnait le matin même lorsqu'elle avait certainement appris la nouvelle.

Le présentateur promettait à ses fidèles téléspectateurs des vidéos de présentation de ces candidats dès le lendemain.

Contrairement à ses habitudes, Adèle alla sur Facebook et consulta la page de Colline, rejoignit le groupe créé par Colline à l'occasion de sa participation prochaine à l'émission et laissa un commentaire sur sa page, la remerciant pour son talent, ses attentions et sa gentillesse.

À peine avait-elle publié son commentaire que son téléphone sonna, laissant apparaitre le numéro du cabinet médical qu'elle avait joint juste avant :

- Docteur Gutenberg ?
- Oui, bonsoir.
- Bonsoir, c'est Adèle la maman d'Axelle, je vous appelle, car j'aimerais reparler avec vous de ce dont nous nous sommes parlé tout à l'heure concernant l'action en justice.

Il avait beau refaire le fil de sa journée dans son esprit, le Docteur ne se souvenait ni d'une Adèle, ni d'une Axelle et encore moins d'une action en justice.

- Oui ? interrogea-t-il essayant de gagner du temps pour se souvenir
- Eh bien, Axelle a pris sa décision. J'avoue que je suis heureuse de la voir déterminée à ce point, mais je m'interroge aussi sur les risques en cas d'échec, je ne voudrais pas que ma fille rechute si cela se produisait.
- Je suis désolée Madame, je ne vois pas du tout de quoi vous me parlez
- Vous êtes bien le Docteur Gutenberg ?
- Oui.
- Vous êtes bien psychologue ?

Semblant comprendre tout à coup, le Docteur poursuivit :

- Ah je comprends mieux, vous parlez de … de mon frère !

Ils rirent tous les deux de ce malentendu et il lui donna le numéro de son frère :

- Et bonne chance et bon courage pour ce que vous vous apprêtez à faire, cela n'a pas l'air simple.
- Merci à vous, Docteur.

Chapitre 6 – Colline

Après avoir récupéré Gustave chez Angélique, Colline passa devant chez le Docteur Gutenberg pour le lui rapporter. Quand elle frappa et sonna à la porte, personne ne répondit.

- Qu'est-ce qu'on va faire de toi Gustave ?

Il lui sembla que le chat n'en avait pas la moindre idée, mais surtout que son indécision lui importait peu. La présence de Colline semblait lui allait. Elle hésita à l'amener elle-même chez le vétérinaire et le prit délicatement dans ses bras pour le caresser. Elle exerçait des faibles pressions à divers endroits de son immense corps, lui demandant :

- Tu as mal, là ? et ici ?

Devant le peu de réactions du chat, Colline se dit qu'il avait certainement besoin de repos et pas forcément de soin.

- Voilà ce qu'on va faire Gustave. Toi et moi nous allons cuisiner ici et nous allons attendre que ton Maître revienne.

Gustave écoutait Colline les oreilles grandes ouvertes et les yeux mi-clos, il était apaisé. Elle griffonna quelques mots sur un morceau de papier et le glissa sous la porte du Docteur. Puis elle fila en cuisine, emportant Gustave avec elle.

Tant pis pour la noix de coco et les ingrédients sortis chez elle, ils serviraient plus tard !

Place à la préparation du plat du jour du lendemain qui devrait mijoter, une carbonade flamande. Elle regarda Gustave et lui dit :

- Tu vas m'aider mon petit Gustave ?

En guise d'accord, Gustave frotta son museau contre les jambes de Colline.

Elle jeta un regard au portrait du Chef Pastori et posa la main sur son cœur :

- Merci, dit-elle et ferma les yeux.

Pendant toute la préparation de la carbonade, Gustave accompagna Colline, il semblait lui indiquer la quantité de bière exacte ou de cassonade. Ils avaient trouvé leur rythme : Gustave poussait un petit miaulement pour signifier à Colline de réajuster la recette, puis hochait la tête les yeux mi-clos et l'ai satisfait lorsqu'ils en avaient fini avec l'ingrédient en question. Colline semblait vivre avec Gustave un remake de ratatouille :

- Tu te prends pour ratatouille, dit Colline en riant. Tu aimerais que je te fasse des croquettes, mon petit Gustave ?
- Vous avez l'air de bien amuser, dit une voix d'homme derrière elle.

Colline sursauta et poussa un hurlement. Elle avait eu son lot de rebondissements pour la journée, c'était un peu trop songea-t-elle.

Quand elle vit que c'était le Docteur Gutenberg, elle fut rassurée. Gustave, lui, se leva et s'étira lentement.

- Désolé de vous avoir fait peur, Colline !
- Il n'y pas de mal Docteur. Je suis un peu tendue en ce moment. Bon Gustave s'est encore retrouvé chez Angélique, vous savez l'avocate, c'est quand même à deux kilomètres ! Il devient sportif !
- Oui, à n'en pas douter, comme son Maître, fit le psy en ouvrant les bras comme pour présenter à son interlocutrice sa silhouette rebondie. Que lui est-il arrivé cette fois ?
- Il a attaqué un homme qui était devant chez elle.
- C'est fou ! Gustave ? Attaquer quelqu'un ? Je n'en reviens pas !

Germain arriva en courant dans la cuisine :

- J'ai entendu un cri, Colline, vous allez bien ?

- Oui Germain, tout va bien, merci ! C’est le Docteur qui vient récupérer son chat.
- Bonsoir, dirent-ils en cœur.

Le portable du psy sonna et il s’éloigna un peu pour décrocher :

- Allo. Oui, bonsoir Adèle. Non, aucun souci. Oui tout à fait. Ne vous en faites pas. Oui, nous pouvons en reparler bien sûr. Lundi matin après le.... Oui oui. Oui je connais une avocate. En plus je crois qu’elle prend les affaires avec de l’aide juridictionnelle. C’est vrai que j’aurai pu vous le dire tout à l’heure, mais je ne pensais pas que vous franchiriez le pas aussi vite. Je n’ai pas ses coordonnées par contre.

Colline ayant écouté la conversation, articula : « MOI JE LES AI ! ». Alors il reprit :

- Attendez, si si je les ai. Je vous les envoie par SMS si cela vous va ? Parfait. Je vous remercie. À vous aussi. À lundi.

Germain restait planté là, ne sachant pas s’il devait partir ou non. Colline dicta le numéro d’Angélique au Docteur qui l’écrivait en même temps sur un message destiné à Adèle et Gustave regardait tout le monde de haut avec son air princier.

- Merci d’avoir pris soin de mon chat Colline, encore une fois !
- De rien, Docteur.

Puis, comme personne ne bougeait, il dit :

- Eh bien, bonne soirée à tous.

Il s’approcha de Gustave pour le porter tandis que Colline et Germain le saluèrent de la main.

- Alors Germain ? Rassuré ? je n’étais pas en train de me faire agresser, dit Colline en souriant.
- Oui, j’ai eu peur qu’il vous arrive quelque chose Colline. Je voulais aussi vous dire, bravo. Vraiment, c’est super que vous participiez à l’émission de cuisine.
- Eh bien Germain, je croyais qu’on se tutoyait ?
- Ah, euh, comme vous voulez. D’accord Colline, on fait comme ça !

Se balançant sur les jambes, Germain ferma ses mains et déclara en tentant un ton humoristique :

- Je suis rassuré, maintenant que tout va bien et que tu n'es pas au sol en train de te faire assassiner avec un couteau, dit-il en désignant un couteau à côté de Colline.

Ils rirent tous les deux, embarrassés de cette blague qui n'avait pas l'effet escompté.

Chapitre 7 – Adèle

Adèle s'était levée aux aurores. Emballée à l'idée d'appeler l'avocate elle avait fait des tonnes de rêves dans lesquels elle entendait retentir le marteau de la justice et une voix sombre prononcer la sentence : condamnée à la prison à vie. Cette scène tourna en boucle toute la nuit dans ses rêves. À ces mots, la foule présente à l'audience se levait et poussait des acclamations de joie.

C'était assez stupéfiant de voir à quel point cette nouvelle perspective lui offrait une vision de la vie différente. Le docteur avait raison, il fallait entreprendre cette action pour agir et non plus subir. Depuis qu'elles en avaient parlé, Adèle avait constaté chez sa fille encore un nouveau regain d'énergie. Ses journées à la SPA semblaient commencer à la changer, à lui apporter un autre rapport au monde via les animaux et particulièrement les chats ; mais alors cette décision d'ester en justice lui donnait au regard une lueur de détermination qu'elle n'avait jamais encore vue auparavant.

Sa fille était probablement en train de révéler qui elle était au fond d'elle, et cela devrait passer par la justice.

Adèle s'installa dans sa cuisine lui offrant une vue sur son carré de jardin depuis lequel elle faisait le plein de beauté, elle ouvrit légèrement la fenêtre et le festival commença, les odeurs des plantes en éveil et légèrement humidifiées par la rosée lui ravissaient les narines, les oiseaux s'exprimaient aussi puissamment que les humains les jours de marché et les couleurs que lui offrait cette matinée de printemps dressaient volontiers de la vision qu'elle avait de son jardin, un tableau impressionniste.

Si le bonheur consistait à profiter de l'instant présent alors, elle y était. Cependant l'intensité de ce qu'elle ressentait n'était absolument pas comparable à ce qu'elle éprouvait auparavant devant de telles scènes. Elle appréciait ce moment pour tout ce qui lui apportait en termes d'émerveillement sensoriel. Mais c'était tout. Il demeurait sans cesse une ombre au tableau, une conscience aigüe que rien ne serait plus rose. Adèle avait changé.

Elle prit une profonde inspiration et prit conscience du chemin qu'elle et sa fille avaient parcouru jusqu'à présent.

Entre galères et abandons, fins de mois difficiles, harcèlement et licenciement ; peut-être pouvait-elle envisager des lendemains meilleurs.

Restait sa situation à elle à présent. Elle n'avait plus que 10 mois de droits au chômage, elle savait que cela arriverait vite. Elle allait devoir commencer à chercher du travail dans peu de temps. La vraie question pour elle était à présent de savoir si elle continuait dans sa voie ou si elle bifurquait. Adèle se dit que ce questionnement devait être fortement partagé par ses compatriotes vu le nombre de coachs de vie commençant leurs présentations avec cette problématique « Devenir ce que nous sommes, voilà une ambition réaliste ! ». Aucun doute, Adèle n'était pas différente de ces congénères.

Ce qui la distinguait en plus de la perte de sens qu'elle rencontrait aujourd'hui, c'était la perte de confiance en l'humanité. Lentement le réflexe humain consistant à préserver sa famille, à ne pas se mettre en danger pour autrui s'était refermé sur Axelle et elle. Pas un professeur du lycée, pas une des amies d'Axelle ni d'Adèle ne les soutinrent dans cette épreuve. Lentement et lâchement, tous les avaient abandonnées. Les motifs étaient différents, mais la raison à chaque fois semblable : la peur. La peur que le scandale que vivait Axelle n'éclabousse leur vie bien rangée, la peur que ces malades ne s'en prennent à leur famille, la peur de la honte. La peur irrationnelle conduit les gens à perdre les sens profonds qu'ils pensaient donner à leurs valeurs de solidarité, de justice et d'amitié. Adèle avait dû subir cela, cet isolement lent, mais inévitable, sans broncher et en faisant en sorte de préserver au maximum sa fille de cette réalité. Quand il vous arrive un malheur, vous êtes vraiment seuls. Ces pensées ne l'attristaient plus comme c'était le cas encore en début de semaine. Non, Adèle ne s'apitoyait pas sur son sort, elle résumait les faits et constatait avec beaucoup de distanciation ce qui leur était arrivé. Elle ressentait un profond sentiment de lassitude. Sa joie, son émerveillement autrefois si présent semblait l'avoir quittée à tout jamais. Elle se dit alors qu'en termes de reconversion professionnelle, il lui fallait oublier les métiers du bien-être et envisager des métiers que vous pouvez exercer sans réelle bienveillance. Elle pouvait être gardienne de prison ou de cimetière.

Sortie de ses pensées par un oiseau particulièrement bruyant, Adèle vit qu'il était 9 h. Elle pouvait enfin raisonnablement appeler l'avocate.

Elle retrouva le texto du Docteur Gutenberg le copia et le colla dans son répertoire. Puis elle appela. Après cinq sonneries sans réponse, Adèle laissa un message :

« Bonjour Madame, euh, bonjour Maître. Je vous contacte pour savoir si vous prenez des affaires de harcèlement en ligne, je veux dire de cyberharcèlement. Ma fille a vécu une situation très compliquée. Elle voit un psy depuis peu et il nous conseille d'envisager cette action, il dit que cela fait partie du processus de guérison. Euh, voilà. Je vous laisse me rappeler et me dire si cela peut vous intéresser. Bonne journée, au revoir ».

Chapitre 8 - Colline

Colline et Germain étaient restés un long moment ensemble la veille. Il avait fini par l'aider à cuisiner et à ranger sa cuisine. Au début assez timide et réservé, il n'avait ensuite eu de cesse de lui poser des questions, il voulait tout savoir ! D'où lui venait cette passion pour la cuisine, est-ce qu'elle écoutait de la musique en cuisinant, avait-elle un chat à elle ? Tout était prétexte à interrogation. Mi-amusée, mi-flattée de susciter autant d'intérêt chez cet homme qu'elle n'avait jamais envisagé sous un autre angle que celui d'un simple ami avant cette semaine, Colline se surprit à minauder. Elle lui répondait de manière énigmatique, laissait planer le doute sur la fin de ses phrases, se rapprochait de lui, puis s'éloignait brusquement. Bref, elle le draguait et elle aimait bien cela ! Au moment de partir, Germain jeta un œil aux fleurs et décréta qu'il n'attendrait pas lundi pour lui en apporter de nouvelles. Colline rit de plaisir et le salua de la main. Ils se promirent de se voir le lendemain.

De retour chez elle, Colline était encore pleine d'énergie et réalisa les boules coco au cœur tendre dont elle avait le secret et qu'elle avait laissées en plan avant d'aller chercher Gustave. Comme elle avait toujours autant d'inspiration et d'énergie, elle décida de continuer et ressortit le livre de ses meilleures recettes : tartelette au citron croquante, moelleux au praliné, panna cotta au café.

Puis fatiguée, mais satisfaite du travail accompli, elle se coucha et sombra dans un sommeil profond, sans rêves.

Au petit matin, Colline consulta son compte Facebook et lut une bonne partie des nouveaux commentaires. Giovanni se débrouillait bien, les réponses qu'elle était censée faire elle-même lui ressemblaient totalement !

Gonflée à bloc, Colline arriva pleine de bonnes intentions au café aux alentours de 7 h et fonça à l'étage.

Quand Colline avait acheté les murs, elle n'avait pas eu le choix, elle avait dû acheter le rez-de-chaussée et l'étage. Les 75 mètres carrés du rez-de-chaussée lui suffisaient amplement et Colline n'avait jamais eu besoin de se demander que faire de l'étage. Alors elle y avait stocké tous les vieux meubles laissés par les anciens propriétaires.

En haut, elle repéra facilement ce qu'elle cherchait : une belle table ancienne dont la peinture blanche était passée et qui renforçait son charme. Elle n'arriverait jamais à la porter seule !

Comme par magie, Germain traversait justement la rue avec trois magnifiques bouquets de roses blanches agrémentées de tiges de décoration turquoise. Colline l'appela de l'étage pour lui demander de l'aide. À deux, ils commencèrent à descendre le meuble robuste dans les escaliers. Alertés par les bruits qu'ils faisaient, les premiers clients se dirigèrent vers les escaliers et les aidèrent.

Une fois en bas, Colline leur indiqua l'endroit où la positionner et pendant ce temps, elle mit les bouquets dans les vases.

Colline commença alors sa danse infernale de la journée ! Elle fonça dans la cuisine, pour faire mijoter à nouveau sa carbonade, servit les clients, installa toutes ses merveilles sucrées, sous les magnifiques cloches en verre que comptait aussi l'étage. Ce serait en libre-service aujourd'hui, décida-t-elle. La condition qu'elle imposait : noter les délices sucrés et laisser des commentaires sur son compte.

À peine arrivé, Giovanni filma cette nouvelle installation, et commença à récolter les premières impressions des clients qui goutaient.

Chapitre 9 – Angélique

Sarah et Angélique avaient fini par s'endormir, ivres du rhum qu'elles avaient bu jusqu'à plus soif, et ivres de leur plan diabolique.

Angélique fut tirée de son sommeil par une odeur de café. Elle se leva d'un bond, inquiète de la provenance de cette odeur et aperçut Sarah dans l'espace cuisine. Elles avaient visiblement dormi toutes les deux sur le canapé ! Saisie d'un léger vertige, Angélique maudit la légende selon laquelle le rhum ne donnait pas la gueule de bois. Certes par rapport à ce qu'elle s'était enfilé, c'était assez léger, mais quand même plombant ! Sarah arriva avec deux espressos et des madeleines.

Quelqu'un sonna à l'interphone. Angélique consulta l'heure sur son téléphone, il était 10 h. Elle vit qu'elle avait raté un appel et que cette personne lui avait laissé un message vocal.

Elle se dirigea vers l'interphone :

- Oui ?
- Bonjour, j'ai un courrier en recommandé pour vous.
- Ah ? OK, je vous ouvre.

Angélique examina sa mine dans le miroir d'entrée et se maudit. Elle signa l'accusé de réception et découvrit le courrier, stupéfaite. Sarah, voyant sa mine déconfite, l'interrogea :

- Quoi ? Qu'est-ce qu'il y a ?

Angélique lui tendit le courrier et Sarah le lut à voix haute :

- Votre animal domestique m'a sauvagement agressé. En vertu des dispositions de l'article 1 385 du Code civil, le propriétaire d'un animal, ou celui qui s'en sert, pendant qu'il est à son usage, est responsable du dommage que l'animal a causé, soit que l'animal fût sous sa garde, soit qu'il fut égaré ou échappé. Par conséquent je vous saurai gré de me verser une indemnisation de 10 000 euros pour les préjudices que j'ai subis. En effet…

Sarah interrompit sa lecture et déclara :

- Mais quel connard !! En plus il te met en demeure, putain ça pue !
- Le pire c'est que c'est même pas mon chat !

Sentant son sang bouillir, Angélique déclara :

- Je crois qu'on va agir plus vite que prévu, histoire de lui passer l'envie de me faire chier.

Angélique alluma sa première cigarette de la journée que d'ordinaire elle n'allumait pas avant l'après-midi. Sarah, silencieuse voyait le plan défiler à toute allure et souriait.

Angélique écouta son message en buvant enfin son café.

Chapitre 10 – « Chez Colline »

Adèle était transportée ! L'avocate qu'elle avait contactée l'avait rappelée moins de deux heures après qu'elle ait laissé un message. Elle semblait intéressée par l'affaire et lui proposa même un rendez-vous quasiment immédiatement « Chez Colline ».

Il était 11h30 et Adèle attendait depuis une dizaine de minutes lorsque la dame dont elle avait imaginé la vie quelques jours plus tôt se dirigea vers elle.

- Bonjour, vous êtes Adèle ?

Adèle se leva et dit :

- Bonjour Maître, merci d'être venue.
- Appelez-moi Angélique, dit-elle en s'asseyant.

Adèle commençait à raconter l'histoire d'Axelle lorsque Colline vint prendre leurs commandes et repartit aussi sec, emportée par une vague impressionnante de clients, souhaitant s'installer.

- Voilà, ma fille a 15 ans, elle venait d'entrer en seconde, quand ça a commencé. Je suis seule, enfin j'élève seule ma fille et je suis, enfin, j'étais coiffeuse donc il lui arrivait d'être seule à la maison, sans moi.
- Oui je comprends, continuez.
- Je pense qu'elle a dû se sentir un peu … seule … elle allait sur les réseaux sociaux comme tout le monde, comme tous les jeunes de

son âge, quoi. Et de fil en aiguille, un groupe d'individus l'a approchée en se faisant passer pour une jeune fille de son âge, dont l'avatar était George Orwell.

Angélique se passa les articles de presse en mémoire et intervint :

- OK, je connais l'histoire, enfin les grandes lignes. J'ai lu la presse.
- Bien, vous savez l'essentiel alors. Mais vous ne savez peut-être pas que ma fille a tenté de se suicider et qu'elle n'a pas parlé durant des semaines. Cet évènement l'a profondément choquée. Elle revient un peu des ténèbres en ce moment depuis qu'elle a commencé une thérapie, mais j'ai bien cru que je l'avais perdue. Elle a aussi commencé à s'investir comme bénévole à la SPA, elle y est d'ailleurs en ce moment. Ça aussi je le dois à sa thérapie, le psy qu'elle voit a un superbe chat et je crois que cet animal lui a fait comme un électrochoc. Ils habitent à côté d'ailleurs.
- Oui, je crois que je vois bien l'animal dont vous parlez.
- Je sais que d'autres victimes de faits similaires avaient tenté une action en justice il y a quelque temps … mais cela n'a pas été probant, n'est-ce pas ?
- Oui tout à fait, néanmoins, je vois clairement deux éléments à mettre en place. L'un est de mon ressort et l'autre est du vôtre.

Adèle dévisageait Angélique se demandant comment cette femme pouvait réagir aussi vite à un problème qui lui semblait aussi complexe, lorsque Colline leur apporta leurs commandes, deux espressos accompagnés de mignardises. Elles la remercièrent et l'encouragèrent face à cette invasion de nouveaux clients.

- Si vous souhaitez que je vous représente, alors je vous propose de saisir la Cour Européenne des Droits de l'Homme. La justice française ne s'estime en effet pas compétente dans ce type de cas de cyberharcèlement international. Par contre pour maximiser notre action, il faut que vous constituiez une association de victimes de cyberharcèlement.

Quel esprit pensa Adèle ! Elle prit une gorgée de son café et une bouchée de ce qui semblait être une pâtisserie à la noix de coco et réfléchissait. Angélique, inarrêtable poursuivit :

- La tâche ne sera pas facile, vous allez avoir à gérer beaucoup de monde, il va falloir être forte, car vous allez devoir écouter leurs histoires, faire preuve d'empathie, les convaincre de vous suivre, et les accompagner, en plus de ce que vous vivrez vous personnellement avec votre fille.
- Je pense que je dois y réfléchir. Je vais avoir besoin d'aide, c'est certain, mais je m'en sens capable. En tout cas, je vous assure que depuis que notre décision est prise, je ne vois d'autres issues à ce que nous vivons, nous devons aller au bout de cela. Et si cela consiste à créer cette association, alors nous le ferons. Je dois y réfléchir un peu et m'organiser, mais je pense que nous le ferons. Il faut par contre que je vous dise que je n'ai pas vraiment les moyens … je compte demander l'aide juridictionnelle. Est-ce que c'est un problème pour vous ?
- Pas du tout ! Adèle sachez que d'habitude le samedi je passe ma journée au bureau d'aide juridictionnelle. Je fais ce métier justement pour aider les gens qui n'ont pas les moyens de se défendre et ne croyez pas que c'est une phrase bateau. J'ai toujours poursuivi un idéal de justice et je suis heureuse de vous aider.

Elles continuèrent à parler des pistes et l'heure tournait. Alors Angélique invita Adèle à déjeuner.

- Je dois d'abord prévenir ma fille, mais c'est d'accord, merci beaucoup.

Adèle quitta la table et alla téléphoner à Axelle à l'extérieur pour la prévenir. En sortant, elle croisa un homme étrange, un sourire mauvais aux lèvres qui, lui, entrait chez Colline.

Elle prévint Adèle, qui de toute façon avait prévu de déjeuner avec Aude à la SPA, salua le Docteur Gutenberg de la main lorsqu'il entrait chez lui et rentra se rasseoir à la table 33, qu'elle occupait avec Angélique.

- J'espère que vous n'êtes pas végétarienne, car nous avons une carbonade flamande en plat du jour Mesdames, dit Colline en arrivant à leur table après avoir déposé ce mets à la table voisine.
- C'est parfait pour moi, dit Angélique.
- Également, renchérit Adèle.

- Je vous sers quelque chose à boire, je vous conseille une bière brune pour l'accompagner, ce sera succulent !
- On vous suit alors, répondit Angélique après avoir interrogé Adèle du regard.

Elles continuaient d'échanger et commençaient même à parler de leurs vies personnelles lorsque l'homme au sourire mauvais fit tomber un tabouret du bar, sur la superbe table ancienne qui comportait tous les mets sucrés que Colline avait concoctés. Le tabouret explosa une des cloches qui tomba sur une autre, et des éclats de verre volèrent un peu partout.

L'homme fondit en larmes et se confondit en excuses.

- Oh non, Colline, je suis désolé, excuse-moi ma chérie. Vraiment comment je peux t'aider ? dis-moi. Je suis un incapable.

Le groupe de clients habituels s'était levé immédiatement et commençait à ramasser le bazar causé par cet homme alors que Colline semblait profondément choquée par la scène. Puis elle se dirigea vers l'homme qui pleurait et le serra dans ses bras :

- Ne t'inquiète pas, ce n'est rien. On va arranger cela. Ne dis pas des choses pareilles voyons. Allez reprends toi, s'il te plait.

Son groupe d'habitués observait la scène d'un air réprobateur. Angélique se leva, suivie par Adèle et, ensemble, prêtèrent main-forte au petit groupe pour arranger le désordre. Colline s'approcha d'eux et les remercia après avoir assis l'homme à la dernière table encore inoccupée.

- On peut t'aider à faire quelque chose Colline ? demanda Angélique.
- Oh vous êtes vraiment tous supers, merci énormément dit Colline en les couvant tous du regard. Vous pouvez monter à l'étage dit-elle en désignant un escalier au fond de la salle, et regarder s'il reste des cloches comme celles-là

Angélique, Adèle et un des hommes du groupe d'habitués se dirigèrent vers l'escalier.

- J'ignorais totalement qu'il y avait un étage, dit Angélique.

Arrivés en haut, ils découvrirent trois pièces ensoleillées, en bon état, quoiqu'encombrées de vieux meubles et objets. Après quelques minutes, ils dénichèrent trois cloches en verre quasiment identiques à celles que Colline leur avait montrées et ils redescendirent.

- C'est superbe là-haut et hyper grand, dit Angélique à Colline.
- Oui, tu trouves ? je ne sais pas quoi en faire !
- Vous pourriez développer votre brasserie à l'étage, suggéra Adèle.
- Oui c'est une idée, répondit Colline, mais c'est pas demain la veille ! Il faut d'abord que je me prépare pour l'émission de lundi !

Les cloches nettoyées accueillaient déjà la suite des délices sucrés qui étaient en cuisine. L'homme étrange semblait dormir à la table où il était installé. Adèle et Angélique dégustaient leur carbonade silencieusement et buvaient leur bière religieusement.

La patronne de la presse arriva et sembla sermonner Colline en montrant du doigt l'homme endormi. Toutes deux allèrent alors dans la cuisine, poursuivre leurs discussions.

Le plus jeune des habitués filmait l'afflux de clients qui se pressait devant la table aux cloches et animait les débats, rappelant aux hôtes la nécessité d'alimenter le groupe de Colline en commentaires.

Chapitre 11 – Angélique

Angélique était heureuse de cette rencontre avec Adèle. Comme un clin d'œil du destin, cette affaire arrivait sur sa route et elle allait pouvoir la traiter, à son compte.

Cette journée ne lui avait pas seulement apporté sa première affaire en tant qu'indépendante, mais peut être aussi un siège social. Cette idée était née en visitant l'étage à la recherche des cloches en verre. Angélique saisit alors son téléphone et envoya un texto à Colline pour lui proposer de lui louer une partie de l'étage.

Ensuite elle se servit un verre d'une superbe bouteille de Syrah qu'elle gardait depuis un moment, « une pure merveille », se dit-elle en la débouchant. Elle se dit qu'elle diminuerait sa consommation d'alcool quand ses problèmes seraient terminés. Et elle commença son travail de recherche sur l'affaire qu'Adèle lui avait confié.

Ses recherches l'amenèrent à la conclusion que seul un recours collectif aurait des chances d'aboutir devant la Cour Européenne des Droits de l'Homme. Elle était donc satisfaite d'avoir suggéré la création d'une association à Adèle. Angélique procéda par étape et reprit les attendus relatifs à la saisine de la Cour. Il fallait absolument avoir épuisé tous les recours internes au préalable. Il allait lui falloir consulter toutes les jurisprudences. D'habitude elle avait accès aux recueils reliés du cabinet lui évitant des recherches inutiles.

Après tout j'ai toujours les clés, songea-t-elle.

Elle fonça dans la salle de bains et se prépara à partir incognito au bureau.

Arrivée sur place, l'endroit semblait désert, elle se dirigea alors vers la réserve contenant tous les ouvrages de doctrine et de jurisprudence et commença ses recherches. Angélique avait besoin de trouver des décisions dans lesquelles la justice française reconnaissait son incompétence en matière de cyberharcèlement lorsque les harceleurs présumés ne résident pas en France. Rien ne servait d'imposer cette course interne chronophage et inutile à Adèle et Axelle, tout cela pour qu'au bout de quinze années le juge rende la même décision.

« Allez, à la recherche de la bonne jurisprudence », pensa-t-elle !

En quelques minutes, elle trouva déjà ce qu'elle recherchait, le tribunal correctionnel de Toulouse lors de l'hiver dernier légitimait son inaction et justifiait la non-application du droit français dans un cas similaire.

Dans une autre affaire, une cour d'appel avait été saisie et avait validé une décision identique. Et toute cette inaction de l'État français avait été entérinée par la Cour de Cassation, en sa chambre correctionnelle. La voie était royale pensa Angélique. Tous ces malheureux avaient épuisé le peu de force et de deniers en leur possession pour se heurter à des murs et à l'impuissance de l'État français.

Angélique photographia avec son smartphone les extraits et références de décisions, elle avait ce qu'il lui fallait pour commencer à établir sa requête auprès de la Cour Européenne des Droits de l'Homme et remballa ses affaires lorsqu'elle sentit une présence derrière elle.

Chapitre 12 – Gustave

Mon Dieu si l'on M'avait prédit la manière dont Mon règne finirait par se dérouler, Je ne l'aurai jamais cru.

Après le duel que J'avais sans conteste remporté, J'étais passé de mains en mains ; et de retour chez Moi j'avais pu enfin prendre du repos et repenser à tous ces évènements.

Le message de l'humaine à roulettes était clair, elle souhaitait que nous nous unissions.

Ce que J'avais pris pour des démonstrations de peur envers Ma personne était bel et bien de l'intimidation lié à l'amour qu'elle Me portait ; les réactions des autres humains de Ma Cour à Mon égard étaient certainement de légères taquineries liées à Mon statut de personnage sacré très convoité.

Tout était clair et coulait de source à présent.

Je dormis longtemps, très longtemps, le sommeil entrecoupé de rêves agités, mais nettement plus réjouissants que les quelques nuits précédentes.

J'avais retrouvé mes repères, c'était certain. Et Ma vie sacrée était sur le point de changer, J'avais une grande décision à prendre, accepterai-Je le mariage avec l'humaine dans l'intérêt de nos deux communautés ?

Chapitre 13 – Angélique

Le cœur battant la chamade, Angélique avait les sens en éveil. Elle hésitait entre se cacher ou attaquer. L'intrus l'avait-il repérée et venait-il lui demandait des comptes sur sa présence en ces lieux ? Ou ce dernier se croyait-il seul ?

Angélique pencha pour la deuxième option vu le léger sifflement que l'intrus émit. Puis un deuxième intrus arriva à son tour et émit aussi un léger sifflement. Angélique entendit des petits rires et des gloussements. La situation devenait gênante, car elle ressemblait aux retrouvailles d'un couple. Lorsqu'Angélique aperçut les deux amants, elle comprit qu'en plus d'être ici incognito, ce couple était tout ce qu'il y avait de plus illégitime, et qu'il pourrait bien faire son affaire à elle, en plus de la sienne.

Le couple finit par éteindre la lumière, ce qui facilita le camouflage. Elle s'était mise au sol derrière les affaires pénales archivées par le cabinet.

Elle était sûre et certaine qu'ils ne la voyaient pas. Par contre elle, les entendait. Malgré l'incongruité de la situation, Angélique saisit l'intérêt de cette situation pour sa vengeance personnelle et entreprit d'enregistrer la scène sur son *smartphone*. Je suis en train de tourner la première *sextape* du monde sans image, ironisa-t-elle.

« Heureusement que ces cons crient leurs prénoms » ! ria-t-elle intérieurement.

Chapitre 14 – Adèle

Après avoir quitté le café, Adèle avait beaucoup marché. Elle avait laissé sa voiture devant « Chez Colline » et s'était promenée dans les rues, sans réfléchir à sa destination. Elle se sentait puissante, car elle avait le pouvoir de décider de leur avenir à elle et à Axelle et parce qu'elle avait le pouvoir d'agir. Elle s'imaginait en leader du groupe des victimes qui affronterait ces criminels, elle s'imaginait accompagner les victimes vers la guérison, vers la résilience. Pour cela elle aurait besoin d'aide c'était certain.

Cette petite marche lui avait fait le plus grand bien, elle avait les idées claires et savait exactement ce qu'elle devait faire maintenant.

De retour devant « Chez Colline », elle ne rejoignit pas sa voiture, mais frappa à la porte du Docteur Gutenberg.

Chapitre 15 – Angélique

Après qu'ils aient fini leurs ébats, plutôt assez rapidement pensa Angélique, elle attendit encore quelques minutes avant de quitter les lieux sur la pointe des pieds.

Cette journée avait eu le mérite d'être totalement imprévisible ! Cela rattrapait un peu la semaine horrible qu'elle avait passée. La douleur de son bras s'était même estompée, sans avoir eu besoin de se reposer.

Elle pensa que décidément les médecins exagéraient tout.

Arrivée chez elle, elle se mit au boulot en finissant son Syrah abandonné une heure plus tôt, commençant la rédaction d'une requête de saisine de la Cour Européenne, articulant la jurisprudence de manière à ne laisser aucune place au doute dans l'esprit des juges qui instruiraient le bien-fondé de sa demande.

Le vin après s'être reposé une heure, était devenu divin.

Il était temps d'envoyer un mail à Agnès.

Agnès et elle étaient inséparables à la fac et pendant qu'une voyait sa carrière décoller dans un grand cabinet d'avocat, l'autre choisissait les hautes instances européennes incarnant la balance de la justice. Ensemble elles avaient gagné le concours d'éloquence de leur université et refait le monde maintes et maintes fois. La vie passait à une vitesse folle, Angélique avait songé plusieurs fois à prendre des nouvelles d'Agnès, sans jamais prendre le temps de cette démarche.

Ce fut étrange pour Angélique de lui écrire ce mail lui demandant conseil sur sa requête, c'était comme renouer avec son passé et prendre le risque de confronter l'Angélique d'autrefois à celle d'aujourd'hui.

Angélique eut envie de retourner « Chez Colline » pour lui parler directement de l'étage. Malgré l'absence de réponse de sa part, Angélique souhaitait avancer sur cette question, car cela devenait urgent pour elle … sans société correctement constituée, elle ne pouvait rien faire en nom propre.

Chapitre 16 – Colline

Voir Guy chamboulait énormément Colline, même si elle avait un peu honte qu'il soit dans un état étrange, probablement dû aux médicaments qu'il devait toujours prendre.

Elle n'était visiblement pas la seule à être dérangée par sa présence, Giovanni pestait à chaque fois qu'il essayait de tourner une vidéo et que l'homme en question se trouvait dans son champ.

Après s'être réveillé, Guy avait réquisitionné le portable de Colline, comme à son habitude et lisait allégrement l'intégralité de ses textos, mails et contenus publiés sur les réseaux sociaux. Quel toupet se dit-il en découvrant le dernier SMS reçu, il continuait à ruminer et finit par interpeller Colline :

- Chérie, viens voir, viens voir.

Louise dit discrètement à Ghislain :

- Il peut pas se bouger lui, nom de Dieu qu'il m'agace, j'espère qu'elle va vite le renvoyer d'où il vient, il serait capable de tout faire foirer.

Colline, prisonnière de ses sentiments ambigus, se dirigea vers Guy et demanda :

- Oui ?
- Tu te fous de moi ?
- Mais non, pourquoi ?

- Tu vas louer l'étage à quelqu'un sans me le dire et t'allais te garder tout le fric pour toi toute seule ? Madame se croit maligne parce qu'elle va faire une émission ? Et bah madame est rudement con et devrait se méfier de son mari, elle devrait même tout lui dire, tout sur tout et arrêter ses cachotteries.

Colline prit le téléphone en écoutant d'une oreille cette sentence espérant la diminuer phoniquement et ainsi minimiser le spectacle qu'elle offrait à ses clients. Elle découvrit le texto d'Angélique. « Super idée » se dit-elle, mais je ne peux pas, pas pour l'instant, finit-elle.

- Mais non, voyons tu vois bien qu'elle me pose la question, je ne suis pas au courant, j'apprends cette demande. Guy, tu veux bien aller m'attendre ailleurs s'il te plait ? j'ai euh, j'ai besoin de la table, regarde des gens attendent debout.

Un groupe de cinq personnes attendait effectivement depuis quelques minutes qu'une table se libère et s'affairait à choisir les mets sucrés dont il allait se repaitre.

- Ça y est, on y est ! Je te gêne, tu as honte de moi. Ma chère épouse a honte de moi ! Comme je suis malheureux, s'écria-t-il pour toute la salle, et s'adressant directement à Colline, tu m'as toujours blessé et rabaissé, c'est à cause de toi si je suis aussi mal dans ma peau. Tu sais Colline, je ne suis rien sans toi, tu le sais et tu joues avec moi.

Il se mit à sangloter, avachi sur la table.

Angélique arriva à ce moment-là et fit signe à Colline. Cette dernière lui apparut comme terrifiée, elle vit alors l'homme étrange qui se donnait en spectacle. Angélique se dirigea vers Giovanni et Ghislain et leur dit quelque chose tout bas.

Ils avancèrent ensemble vers Colline et Angélique dit :

- Tu sais Colline, on peut t'aider, enfin vous aider. On peut le raccompagner quelque part, tu sais.

Colline le regarda - il était de nouveau amorphe - et se dit que le spectacle avait assez duré. Elle donna ses clés de maison à ses deux fidèles clients et ces derniers transportèrent Guy en lui parlant calmement vers la maison de Colline.

Colline nettoya la table et installa le groupe qui attendait, puis Angélique s'approcha d'elle et lui dit à nouveau :

- Tu sais je peux t'aider, Colline. Tu peux me dire ce qui t'arrive.
- Je suis mariée Angélique.
- Quoi ? À ce type-là ?
- Oui.
- Eh bien, divorce !
- Ce n'est pas si simple …
- Mais si voyons !
- Non, tout ce qui m'appartient lui appartient aussi.

Chapitre 17 – Adèle

Le Docteur Gutenberg fit entrer Adèle sans rien lui demander et l'installa chez lui, dans son salon, et non dans le cabinet de consultation.

Adèle trouva l'endroit joli. Même fort joli. La décoration n'était ni ancienne, ni moderne, ni datée, ni tape-à-l'œil. C'était un mélange de subtilités, de couleurs pastel et de meubles originaux et charmants. Elle se sentit immédiatement très bien dans ce salon, comme apaisée.

Il lui servit un café et se doutant que le sujet qui amenait Adèle chez lui devait être important, attendit qu'elle parle la première.

Adèle lui raconta alors son idée de l'associer au montage de ce projet, et pendant qu'elle racontait le contenu de ses échanges avec l'avocate, Gustave ronronnait de plus en plus fort.

Ils échangèrent alors un regard amusé et poursuivirent leur conversation.

- Qu'attendez-vous de moi exactement ?
- Que vous m'aidiez à créer cette association de victimes et que nous imaginions un dispositif leur proposant un accompagnement psychologique et un dispositif juridique pour défendre leurs intérêts. Un outil global et thérapeutique, en fait.
- Je suis impressionné, vous êtes métamorphosée !

- Ah bon ? dit Adèle en se demandant si un détail de son physique n'avait pas soudainement pris des proportions qu'elle ne pouvait maîtriser.
- Vous me semblez métamorphosée depuis …, depuis hier certes, mais méconnaissable depuis le début de la semaine Adèle. On dirait que vous aussi, vous êtes en train de trouver votre voie, un sens à tout cela.

La porte du salon s'ouvrit sur un jeune homme dévêtu qui poussa un cri en voyant Adèle et en se couvrant le corps avec le premier plaid qu'il trouva :

- Je croyais que tu étais au téléphone, dit-il en s'adressant au Docteur Gutenberg. Je suis désolé, Madame, de me présenter à vous dans cette tenue, dit-il ensuite en s'adressant à Adèle.
- Il n'y a pas de mal, dit Adèle mi-amusée, mi-gênée.
- Adèle, je vous présente mon époux, Gauthier.
- Enchantée, dit Adèle.
- De même, répondit Gauthier. Vous savez quoi ? Je vous laisse et je file m'habiller !

Il quittait la pièce, mais revint sur ses pas :

- Adèle, Adèle ? Nous nous sommes eus hier au téléphone ? Vous vouliez parler d'une affaire judiciaire c'est ça ?
- Oui, je crois, si vous êtes aussi le Docteur Gutenberg ?
- Oui, euh, bon du coup, vous avez compris, on n'est pas vraiment frères…
- J'avais compris !

Adèle décida de revoir sa méthode d'analyse des personnes ! En effet, la première fois qu'elle avait vu le Docteur Gutenberg, elle s'était dit qu'il avait plus l'air d'un vieux célibataire qui vivait avec son chat …

Revenant à leurs moutons, Adèle et le Docteur Gutenberg décidèrent du nom de leur association, tentèrent de définir précisément son objet et de se répartir les rôles.

Chapitre 18 – Colline

Le soir sur le chemin du retour, quand Colline rentra chez elle, ce fut le cœur lourd, plein de regret et de suppositions.

Juste avant de quitter son café, Germain était venu lui souhaiter bonne chance pour le lundi. Il avait l'air si heureux de la voir que cela fut contagieux. Colline se surprit à regarder chaque détail de son corps que ses habits pouvaient laisser entrevoir, elle se régalait de la légère brise qui lui permettait de sentir son parfum léger et puissant mêlant des fragrances tant florales que d'ébène et écoutait à peine ce qu'il disait, si bien qu'elle dû le faire répéter :

- Je me demandais si, comme on est fermé demain, tu serais d'accord pour qu'on fasse, je sais pas moi, un pique-nique ou un truc comme ça.

Colline s'apprêtait à répondre qu'elle en serait ravie lorsqu'elle se souvint qu'une casserole lourde comme le plomb l'attendait sagement chez elle.

- J'aurais adoré Germain, mais …
- Je comprends t'embête pas tu as surement mieux à faire, maintenant que tu es une star.
- Non, non pas du tout. Et je ne suis pas une star ! L'émission n'a même pas encore commencé, ce sera un miracle si j'arrive à articuler un mot d'ailleurs, je suis stressée, tu n'imagines pas à

quel point. Non vraiment je serai ravie d'être avec toi demain. Mais je ne peux pas. Je t'expliquerai, plus tard.

Germain comprit qu'il ne fallait pas insister, mais aussi que Colline n'était pas disponible pour lui. Colline, elle, comprit que le bonheur ne pouvait être complet, et que jamais il ne pourrait l'être. Colline était fataliste, elle ne luttait pas, elle acceptait et se résignait. Elle ne pouvait pas tout avoir, elle n'aurait jamais osé exiger tout avoir.

Malgré tout cette résignation lui couta, car si elle avait pu choisir entre l'émission et Germain, elle aurait choisi Germain. Néanmoins, ce choix irréel n'aurait jamais fait disparaitre son passé tranquillement assis sur son canapé.

Avant de franchir sa porte, Colline était encore pleine de questionnements.

Pourquoi après tant de mois, était-il revenu ? Était-ce réellement parce qu'il l'aimait ? Ou était-ce encore une manœuvre pour obtenir ce qu'il voulait ?

Heureusement pour elle, lorsqu'elle rentra, elle ne put que constater qu'il dormait sur le canapé du salon. Il n'y aurait donc pas d'affrontement ce soir, pensa-t-elle avec soulagement.

Colline monta à l'étage et se coucha directement. Bien que pour l'instant endormi, elle avait peur que Guy ne la surprenne sous la douche ou dénudée. Dans son lit, elle feuilleta son carnet de notes et de croquis jusqu'à s'endormir d'un sommeil plein de rêves agités qui ne lui laissèrent aucun souvenir le lendemain et fort heureusement, car ils auraient eu raison de ses certitudes.

À son réveil, Colline fut prise de nausées et d'étourdissements à chaque fois qu'elle bougeait. Toujours encline à se flageller, Colline se dit qu'elle avait le tournis à cause de sa folie des grandeurs et tenta de se calmer, mais la journée passa et rien n'y fit. Elle qui d'habitude n'avalait aucun médicament dû en prendre plusieurs que Guy lui apporta gentiment.

Malgré la pseudobienveillance de Guy, le plus compliqué pour elle était peut-être de savoir qui de la tenue proche de l'émission ou de la présence de son mari chez elle l'angoissait le plus.

Elle passa la journée à éplucher les commentaires postés sur sa page Facebook. Bien que virtuels, ces encouragements lui faisaient du bien.

Pour la première fois de leur mariage, Guy cuisina pour Colline et elle se surprit à apprécier cela. Il lui proposa même un massage de la tête, qu'elle accepta. Ces attentions lui firent le plus grand bien et elle se demanda l'espace d'un instant si elle ne devait pas tout arrêter et tenter de sauver son mariage. Malgré ses défauts, Guy avait un bon fond.

Chapitre 19 – Axelle

Axelle redoutait le dimanche et celui-là en particulier. D'habitude parce qu'il annonçait l'approche d'une nouvelle semaine dans un lycée qui s'était transformé en fosse aux lions depuis que George Orwell faisait partie de sa vie.

Mais maintenant qu'elle n'avait plus à aller dans cette arène, elle redoutait ce dimanche, car la SPA était fermée et que ce refuge, loin de n'en constituer un que pour les animaux, comptait énormément pour elle.

Heureusement, quand elle en parla à Aude la veille, cette dernière lui proposa qu'elles se voient le lendemain ; Axelle l'invita alors à passer la journée chez elle.

Sa mère avait accueilli la nouvelle comme à chaque fois qu'une bonne nouvelle la concernant arrivait : en ayant les larmes aux yeux. Axelle remarqua que sa mère passa une grande partie de la journée à tenter de leur cuisiner des plats sympathiques qu'elles accueillirent avec un enthousiasme poli, mais qui avaient du mal à être qualifiés. Axelle observa aussi que sa mère passa l'autre partie de la journée à faire des recherches sur son ordinateur, à prendre des notes et à rédiger des documents.

Quand vint la fin de cette journée « normale », Axelle ressentit comme un grand vide. Elle prit conscience de ce dont George Orwell, ou plutôt ses agresseurs l'avaient privée : la légèreté des dimanches en famille. Le rendez-vous du lundi matin avec le Docteur Gutenberg, tombait bien.

Chapitre 20 – Adèle

Adèle avait passé une grande partie du dimanche à éplucher les affaires qui ressemblaient à celles d'Axelle et avait constitué un groupe sur Facebook et créait une association dont elle était la Présidente et le Docteur Gutenberg le trésorier. Leur association s'appelait « Association pour la défense des victimes de cyberharcèlement ».

Par le biais des réseaux sociaux, elle avait retrouvé quelques familles de victimes et les avait invitées à rejoindre le groupe. Certaines lui avaient posé des questions avant de rejoindre le groupe, d'autres non. Et de fil en aiguille c'était une soixantaine de personnes qui faisaient partie du nouveau groupe ce dimanche soir et à qui Adèle avait envoyé un mail leur proposant une adhésion et expliquant un peu plus l'objet de l'association. L'association se voulait être un outil de guérison des victimes grâce à la mise en place d'ateliers dirigés par le Docteur Gutenberg et à un accompagnement juridique.

Le dimanche soir, Adèle avait déjà reçu trente-trois réponses de personnes souhaitant adhérer à l'association et bénéficier des services proposés. Adèle se sentit soudain un peu dépassée par les évènements et décida de faire état de la situation en rédigeant un mail au Docteur Gutenberg et à Angélique.

Chapitre 21 – Angélique

En quarante-huit heures, Angélique s'était réconciliée avec son assistante et néanmoins amie, avait trouvé une idée pour son futur siège social – certes non opérationnelle, mais une idée quand même - obtenu une affaire et envoyait un mail à une vieille amie !

Sans oublier qu'elle avait bâti un plan de vengeance qui prenait une tournure plus qu'inattendue …

Elle avait aussi vidé plusieurs bouteilles d'alcool, mais cela, elle le passa sous silence et s'efforça de se réjouir.

La semaine qui arrivait s'annonçait chargée de travail et riche en préparation. Angélique adorait travailler, se sentir utile et réussir. Se consacrer à ses premières affaires la réjouissait au plus haut point, mais il lui tardait aussi d'être à la date fatidique de réalisation de son plan, explosif.

Sarah et elle étaient prêtes, en réceptionnant le recommandé lui demandant des dommages et intérêts suite à l'attaque de Gustave, elles avaient décidé d'avancer la date de réalisation … elles étaient prêtes de toute façon, elles avaient répété leur plan jusqu'à la perfection.

En début de soirée, Angélique reçut un appel, la chanson « chante » des Forbans retentit et elle comprit que c'était Agnès qui l'appelait :

- Comment tu vas ma loute depuis tout ce temps ??

- Oh, mon dieu, ça fait bizarre de t'entendre !!! Qu'est-ce que tu deviens ??
- Je ne sais pas par où commencer …

S'ensuivit une dizaine de minutes durant lesquelles les deux femmes échangèrent sur leurs vies respectives se donnant également les détails croustillants de leurs vies amoureuses. Rapidement, Angélique recentra le débat sur les vraies raisons de cette prise de contact, Agnès annonça alors la couleur :

- Alors écoute j'ai une bonne et une mauvaise nouvelle et comme l'une ne va pas sans l'autre, je commence par la mauvaise : tu ne peux pas saisir directement la CEDH sans que ton affaire ait effectivement fait le tour des juridictions françaises. T'appuyer sur une jurisprudence similaire ne suffira pas. La bonne nouvelle c'est que tu peux, en tant que nouvelle affaire, rejoindre une cause déjà déboutée de tout le circuit juridictionnel et qui se présenterait en dernier recours devant la CEDH, mais dont la question de droit serait en tout point identique. En gros, tu trouves les victimes des précédentes affaires du fameux George je-sais-plus-quoi, tu convaincs les avocats de saisir la Cour et tu te joins à eux. Donc recours collectif obligatoirement !
- OK je le sentais bien ! Figure-toi que j'avais pris les devants, ça puait le collectif ce truc ! On s'américanise !
- À fond ! Bon tu rebosses là-dessus et dès que tu as un truc correct tu m'envoies le bébé, OK ?
- Ça roule !

Là-dessus, les deux femmes échangèrent encore quelques blagues en référence à leurs années d'université et se promirent de se rappeler.

Angélique remit ses idées dans l'ordre et mit sa *to-do-list* à jour et ajouta « prendre contact avec les avocats ». Elle finit son verre, puis sa bouteille et se dit, ivre, « un bon Syrah est un Syrah mort ».

Puis elle entreprit la recherche de l'identité de ses confrères déjà en lice pour la Cour Européenne. Une fois les adresses mail obtenues grâce aux sites internet des cabinets, elle se mit en tête de rédiger les mails leur expliquant sa proposition.

En arrivant sur sa boite de réception, elle tomba sur un mail non lu envoyé de la boîte de Gérard le vachard :

> Franchement, je sais pas ce qui se passe en ce moment pour toi, mais tu as carrément dépassé ce qui est de l'ordre du tolérable. J'avais essayé de négocier ton retour sous conditions avec les associés parce que je sais quand même ce que tu vaux, mais franchement après avoir reçu ces photos … j'ai rien pu faire de plus que d'essayer de t'obtenir une indemnité de licenciement.
> Mais bordel, qu'est-ce que tu avais besoin de bosser sur une affaire hors cabinet pendant tes heures, alors que tu avais des tonnes de dossiers en retard chez nous et que tu étais soi-disant chez le médecin hier ? Pendant que tu plantais un client du cabinet, tu bossais à ton compte …là je suis déçu.
> Je te souhaite du courage parce que ça va pas être facile pour toi le milieu est pas tendre et si y a bien un truc qui passe pas, c'est les confrères qui se la jouent solo sans être réglo,
> À +
> G-rar

Quel *looser*, pensa-t-elle, qui signait comme cela aujourd'hui à part les *loosers* ?

Puis elle ouvrit les pièces jointes et découvrit des photos d'elle avec Adèle, « Chez Colline ». Les photos étaient datées du vendredi 14 h, alors que le rendez-vous avait eu lieu le samedi.

Il était inutile pour Angélique de s'interroger sur l'identité du photographe.

D'ailleurs, à peine avait-elle fermé ce mail, qu'un nouveau apparut, d'un certain Gaby.

Au cas où tu serais encore naïve, une copie du courrier que tu as reçu samedi matin a été directement adressée au Procureur. Autrement dit, s'il m'arrive quoi que ce soit d'autre, ce sera tellement évident que cela vient de toi …

Angélique ne savait pas si c'était son taux d'alcoolémie ou la peur qui transpirait de ce mail qui la fit rire, peut-être un mélange des deux. S'il souhaitait la mettre en garde et l'impressionner, c'était raté.

En se servant un verre de scotch, elle se passa de nouveau son plan dans la tête.

Ce type de menace ne l'avait jamais empêché de passer à l'action.

Chapitre 22 - Colline

Heureusement qu'il est là, pensa Colline le lundi matin lorsqu'elle fut incapable de poser un pied devant l'autre tellement elle avait le sentiment d'être sur un bateau en pleine tempête. Il l'aida à se lever, et même à se laver. Elle sourit en pensant qu'elle aurait détesté qu'il la surprenne nue encore quelques heures auparavant.

Fallait-il qu'elle ait la mémoire aussi courte et qu'elle se contente d'une journée « normale » pour oublier les années de détresse avec Guy ? Non, se dit-elle avec de la douceur. Pour la première fois, Colline se surprit à faire preuve de bienveillance à son égard. Elle ne retomberait pas dans le piège de Guy, non. Elle appréciait cependant son aide, un jour comme celui-ci.

Guy lui avait proposé de l'accompagner en voiture jusqu'au studio d'enregistrement, ce qu'elle accepta volontiers. Dans la voiture, elle eut besoin d'être rassurée et lui demanda :

- Tu sais l'autre jour, au café, tu goûtais à peine les gâteaux et tu les reposais. Tu avais l'air de ne pas les trouver bons. Je voulais te demander si tu aimais ce que je cuisinais ou pas, en fait ?

Guy eut alors le visage qui se figea et Colline sut qu'elle n'aurait jamais dû se permettre cette question, il répliqua :

- Je savais pas qu'on tenait une liste des choses à se reprocher ! tu comptes aussi me parler de trucs que j'ai dits ou faits il y a trois ans ?

Colline, eut un réflexe qu'elle utilisait quasi quotidiennement auparavant et nia la réalité, jusqu'à en être persuadée elle-même :

- Non bien sûr que non. Je ne voulais pas te blesser. Je me demandais juste ce que tu pensais réellement…
- Tu n'as pas confiance en moi c'est ça ? écoute Colline, je croyais avoir été clair, tu me fais beaucoup de mal lorsque tu ne me fais pas confiance.
- Je suis désolée, je ne te poserai plus jamais ce genre de question.
- Bon, je vais passer dessus et tâcher de ne pas y penser. L'essentiel c'est que tu réussisses aujourd'hui !
- Merci.

Colline ne s'était jamais maquillée de sa vie. C'était à présent chose faite, pensa-t-elle en se dévisageant dans le miroir de la loge. Après être arrivé à l'adresse, Guy avait accompagné Colline dans des couloirs, posant les bonnes questions aux bonnes personnes. De manière très naturelle, Colline s'était retrouvée dans cette loge à se faire cajoler par Chloé la maquilleuse et Gigi la coiffeuse.

Guy assistait à cette scène à l'autre bout de la loge et Colline sentait son regard changer. Plus les minutes passaient, plus il semblait être en proie à une lutte intérieure.

Colline, qui n'avait eu plus aucun vertige ni aucune nausée depuis son arrivée, se sentit soudain mal. À peine, ressentit-elle ce mal, que le régisseur entra dans sa loge en criant « dans dix minutes ! ». Le régisseur interrogea Guy :

- Vous n'êtes pas candidat.
- Non, j'accompagne.
- Alors, dans ce cas venez avec moi, venez vous asseoir dans le public.
- Mais …
- Allez je vous dis, on y va, on y va, dit-il en tapant dans ses mains.

Colline n'avait jamais vu Guy obéir aussi vite tout en restant muet. Elle se sentit soulagée. Soulagée que son regard tantôt bienveillant, tantôt malveillant ne se pose plus sur elle pour l'instant. Le régisseur donna quelques instructions de direction à Guy, puis revint immédiatement dans la loge et demanda à Chloé :

- C'est bien elle notre pouliche ?
- Oui elle est là, elle est là.

Colline se demanda de qui ils pouvaient bien parler ainsi. Le régisseur s'approcha d'elle, tout mielleux :

- Alors comment te sens-tu, demanda-t-il en regardant sa fiche… Colline ?
- Bien.
- Tu es prête ?
- Bah c'est-à-dire …
- Parfait, on va y aller, il faut te trouver l'emplacement idéal pour te mettre en valeur sans qu'on voit … sans qu'on voit tout, dit-il d'un air dépité en faisant des moulinets avec ses mains pour désigner son corps et son visage.

Puis il quitta la loge sans l'attendre et en disant : « je veux bien tout, mais je suis pas magicien non plus, je peux pas faire de miracle ».

Chloé et Gigi soulevèrent Colline de son siège et lui souhaitèrent bonne chance.

Avec le régisseur, Colline traversa un long couloir sans fenêtre au bout duquel beaucoup de lumière rayonnait et une ambiance sonore se faisait entendre. Durant cette marche silencieuse, Colline aurait juré entendre son cœur battre et ses oreilles bourdonner. D'un coup elle fut projetée dans un décor qu'elle connaissait parfaitement, le plateau de l'émission « Premier en cuisine ! ».

Des tables trônaient au centre de la pièce, finalement beaucoup plus près les unes des autres qu'il n'y paraissait à la télé. Le régisseur devait parler à Colline depuis le couloir, mais cette dernière ne s'en était même pas aperçue. Il désigna la première table à droite et fit un signe de tête à Colline qui s'y installa immédiatement, puis il dit :

- Retour régie, ça donne quoi ? Bouffie ? Rouge ?

Il entendit probablement la réponse dans son oreillette, car il secoua légèrement la tête de bas en haut puis regarda Colline en disant :

- De ¾ côté éclairage naturel ? OK on tente ! Pas vraiment le choix.

Un retour de la régie dans oreillette lui arracha un « putain » et il entraîna Coline vers la table de gauche :

- Et là ?

Semblant entendre quelque chose de satisfaisant dans on oreillette, il leva ses deux pouces en direction de colline et lui tapa sur l'épaule :

- On est *good* ma poule. Fais rentrer les autres !

Il commençait à partir, mais Coline le retint :

- Pourquoi suis-je la première à être installée ? C'est moi que vous avez appelée pouliche tout à l'heure ?
- T'es la pouliche, t'es la pouliche ! Allez ma chérie, prépare-toi, tu vas vendre du rêve à la ménagère ce soir !
- Mais ça n'a rien à voir avec ce que je cuisine alors ?
- Bien sûr que si, il faut que ce soit beau ! D'ailleurs, applique-toi, car maintenant on peut plus changer les plats en régie c'est chiant, les autres candidats gueulent sinon ! C'était pourtant écrit dans les contrats, mais bon on a été condamné, alors du coup … bref, t'as eu ton contrat au fait ?
- Euh non.
- OK, fais-moi penser à te le filer.

Coline resta bouche bée.

Le temps qu'elle réalisât quoi que ce soit, tous les autres candidats avaient rejoint leurs propres tables et le régisseur commença le pitch.

Chapitre 23 – Angélique

Il était 9 h quand Angélique émergea. Elle avait veillé très tard et avait envoyé tous les courriels de demande de contact aux avocats concernés par les affaires qui pouvaient lui ouvrir la voie royale. Angélique sortit de son lit sans ressentir aucun stigmate de sa consommation de la veille et se dit qu'elle devait certainement être en train de s'y habituer.

Elle prit son téléphone et consulta ses mails. Une quantité assez incroyable de mails étaient arrivés sur sa messagerie. Elle commença par prendre connaissance des échanges de mails entre Adèle, le Docteur Gutenberg et elle-même. Angélique écarquilla les yeux et siffla d'admiration pour Adèle.

Elle accepta le rendez-vous proposé par le Docteur Gutenberg à 10 h, ce jour, puis se leva comme une pile et fonça sous la douche. Elle remettrait son sport du lundi à … plus tard.

En quittant son appartement et marchant vers le cabinet du Docteur Gutenberg, elle lut les autres mails émanant de ses confrères lui proposant des entretiens téléphoniques pour organiser conjointement leurs actions.

Occupée par ses pensées qui tournaient à mille à l'heure dans son esprit, affairée à rayer mentalement les choses faites à et ajouter les choses à faire à sa liste, Angélique ne fit pas attention au café, fermé. Elle oublia même que le Docteur Gutenberg ne vivait pas seul.

Chapitre 24 – Colline

- Alors bonjour à tous, je vais avoir besoin de votre attention ! je ne me répéterai pas ! alors toute la journée on va vous filmer sur trois épreuves. Les images seront montées en milieu d'après-midi. Milieu d'après-midi c'est le moment de votre pause ! ensuite on commence à diffuser l'émission, vous êtes en direct et on passe les images de la journée, on vous pose des questions, vous commentez. Et le gagnant est désigné ce soir, en direct. C'est OK pour tout le monde ?

N'attendant pas de réponse, le régisseur poursuivit :

- Vous voyez le public ? Vous faites comme s'il n'était pas là, je ne veux pas voir de signe de main, je ne veux voir personne se parler sans y être autorisé, clair ? Vous, le public à présent, vous réagissez à l'émission en suivant les instructions qui vous sont présentées sur les panneaux, OK ? Allez, maintenant les candidats, mettez-vous tous devant votre table, plus un bruit, ça tourne dans 5, 4, 3, 2, 1.

L'animateur arriva de nulle part et commença le show :

- Bienvenue, bonsoir mes chers amis, je suis tellement heureux de vous revoir, vous m'avez manqué ! J'espère que vous allez bien, nous en tout cas ça va ! Laissez-moi vous présenter nos candidats.

Il s'avançait dans les allées en ne s'adressant qu'à la caméra :

- Je sais que vous êtes impatients de découvrir nos nouveaux candidats pour cette édition spéciale ! mais on m'a dit aussi que vous aviez envie d'avoir des nouvelles de vos chouchous ! ça vous dit d'avoir de leurs nouvelles ?

Le public scanda un « oui » long et énergique soufflé par les assistants. Le présentateur se tourna alors vers l'écran du fond, puis vers le régisseur :

- Alors j'étais comment ? Pas mal hein ? Je trouve que j'ai particulièrement bonne mine en ce moment !
- Tu es sublime !

Colline était sidérée : comment pouvaient-ils se parler comme cela sans se soucier de la caméra ? Persuadée que l'émission continuait d'être tournée, Coline adressa un petit coucou à la caméra la plus proche d'elle.

Le régisseur l'apostropha :

- Bah alors ma chérie ? Tu crois qu'on tourne encore, c'est ça ?

Coline sentit tous les regards se braquer sur elle. Elle baissa la tête et sentit le rouge lui monter aux joues :

- Euh non. C'était la première séquence c'est ça ?
- Oui, c'est ça ma chérie. Par contre, tu aurais dû le dire à Chloé que tu avais une peau grasse ! Mon dieu tu suintes carrément ! Ça va pas être de la tarte de te placer correctement ! Entre ton teint et ta peau grasse, je cherche pas les mêmes éclairages !

Tout en parlant, il adressa un signe de la main à la fameuse Chloé qui les rejoignit immédiatement et reprit le maquillage de Colline.

- Bon c'est mieux ainsi, essaye de ne pas transpirer OK, car une fois la 2e séquence partie, on tourne pendant 30 minutes. C'est la présentation des candidats et le premier défi, alors il y a un peu de stress, tâche de ne pas trop suer OK ?
- Oui d'accord.

Rien que d'y penser, Colline s'aperçut qu'elle était en nage. Quelle horreur se dit-elle, comment pouvait-on se sentir si bien devant tous ces regards qui vous fixaient ? Colline ferma les yeux, souffla profondément et reprit un nouveau souffle. Elle sentait son rythme cardiaque habiter tout son être et ses mains devenir moites. Sa tête commençait à tourner, mais ses yeux tombèrent sur Guy qui était dans le public. Il ne fallait pas le décevoir, Colline ne supporterait pas de voir de la déception dans ses yeux, alors elle prit sur elle, comme jamais. Soudain elle entendit scander son prénom à l'autre extrémité du public et découvrit toute sa petite bande d'habitués ! Ils étaient tous là à lui adresser des signes de la main et à lui envoyer des baisers. Son cœur se réchauffa et elle eut envie de pleurer. C'était à eux qu'elle devait sa présence ici ! C'était donc pour eux qu'elle allait se ressaisir.

Le régisseur demanda le silence dans le public et commença un nouveau décompte pendant que le présentateur s'approcha de Colline.

- Allez, on y retourne dans 10, 9, 8, 7
- Colline, c'est ça ?
- Oui.
- Trop tard pour te changer de place. Tu restes ici, je commence les présentations par toi et ensuite on ne fera que des plans de ¾ et de dos pendant le défi, comme ça on ne verra pas ton teint. OK, ne t'inquiète pas, les gens ne verront rien, ils vont t'adorer !
- 6, 5, 4,
- Ah oui, j'oubliais, une fois que je vous ai tous présentés, je fais entrer le jury.
- 3, 2, 1 !

Chapitre 25 – Gustave

Depuis Mon retour du duel avorté, une effervescence régnait chez Mon humain. Peut-être pensaient-ils devoir préparer le rapprochement des humains et des êtres sacrés en célébrant Mon union avec la femme à roulettes ?

Mon humain parlait beaucoup, contrairement à son habitude. Il parlait dans l'objet que les humains utilisent pour se parler à distance, il parlait avec l'autre humain qui vivait ici et il finit même par accueillir une humaine, celle qui accompagnait parfois une plus jeune, dans sa pièce.

Ils étaient dans un endroit qu'ils n'utilisaient jamais pour discuter normalement, mais uniquement regarder un objet qui diffusait des images et des sons habituellement.

Ils échangeaient vivement et un sentiment qui n'émergeait jamais habituellement dans sa pièce, occupait tout l'espace. Cette onde Me donnait beaucoup de courage !

J'étais à présent persuadé, au regard de la position centrale que J'occupais dans cette pièce, que leur conversation tournait autour de cette alliance envisagée entre nous, les êtres sacrés, et les humains.

Je sentais que Je portais en Moi les espoirs des humains.

Ils pensaient certainement que grâce à cette alliance, ils atteindraient un rang plus spécial, ils obtiendraient une forme de sacre et de bénédiction.

Je pensais qu'ils se fourvoyaient, mais Je ne savais pas comment le leur faire comprendre.

Au mieux, cette alliance permettrait à leurs descendants de devenir un peu moins laids, de couvrir enfin un peu leurs peaux dénudées d'un doux pelage, cela pourrait aussi leur permettre d'acquérir des sens plus aiguisés. Mais elle ne leur permettrait certainement pas d'acquérir un statut.

Oh, mais attendez une minute, s'ils attendaient réellement des descendants dans le cadre de cette alliance, alors cela voulait-il dire que Je devais M'accoupler avec cette humaine à roulettes ?

Je n'en avais aucune envie, mais alors aucune envie.

Déjà qu'habituellement, Je trouve que ce genre d'activités rabaisse les êtres sacrés à des individus sans grâce ni panache, mais si en plus il devait s'agir d'un être qui intrinsèquement ne possédait aucun divin, c'en était trop pour Moi.

Il fallait que Je puisse leur signifier mon refus avant qu'ils ne projettent trop d'espérance sur ce malentendu.

Je cherchais un moyen de leur faire comprendre, lorsque l'humaine à roulettes entra dans la pièce et se dirigea vers Moi.

Chapitre 26 – Colline

- Alors ils ont bien changé, n'est-ce pas ? Ingrid, par exemple, a stoppé son activité d'aide-jardinière au sein de sa maison de retraite pour ouvrir un *food-truck* dans le jardin de cette même maison de retraite. C'est ouvert à tous, rendez-vous compte ! Elle reste présente pour ces personnes qui comptent tant pour elle, elle les régale et en plus elle fait venir du monde de l'extérieur ! Les aînés sont ravis, vous avez vu comme la dame est heureuse à la fin du reportage ?
Et Jean- Pierre ? Il a fini par quitter sa tour et a ouvert un « fast-food circuit court » en bas de son ancien bureau ! Lui aussi a trouvé un moyen de ne pas quitter totalement son ancien monde, car il adorait ses collègues, et d'ailleurs aujourd'hui il continue de les combler avec ses blagues, mais aussi avec sa cuisine !
Ils sont tous fabuleux, ils ont tous réussi ! Je sais pas vous, mais moi je suis fier d'eux !
À présent, je suis impatient de vous présenter vos nouveaux chouchous !
Ceux-là sont un peu particuliers parce qu'ils n'ont pas choisi d'être ici ! Ce sont parfois leurs amis, leur famille ou encore leurs collègues qui les ont inscrits ! Mais laissez-moi vous présenter nos

nouveaux candidats à présent ! Vous allez voir ! Ils sont tout aussi fabuleux !

Tout en disant cela, l'animateur se rapprochait de Colline. Cette dernière sentait son visage devenir cramoisi et elle devait se cramponner à la table pour ne pas tomber. Elle priait pour qu'un phénomène paranormal se produise et lui permette de disparaitre sur le champ, emportée par des extraterrestres. Mais rien ne se produisit et elle n'avait pas d'autre choix que de rester à sa table, à attendre :

- Bonjour Colline.
- Bonjour .
- Contente d'être parmi nous ?
- Oui, très contente. Un peu stressée, mais très heureuse.

Elle ne put s'empêcher de tourner sa tête vers Guy pour capter son regard, mais ce dernier l'ignorait royalement. Alors ses yeux bifurquèrent vers son groupe d'amis et elle sentit son courage revenir :

- Ça c'est normal Colline ! Gros enjeux à la clé ! Vous nous parlez un peu de vous ?
- Oui, alors euh je m'appelle Colline.
- Oui oui, ça nous le savons !

Rire du public.

- Ah oui euh pardon.
- Ne vous excusez pas, Colline, allez-y dîtes nous tout !
- Je tiens euh un café.
- Oui.
- Je propose à mes clients de goûter mes confections culinaires.
- Tiens donc !
- Oui. Ils aiment assez je dois dire. C'est grâce à eux que je suis là. Ils m'ont inscrite au casting.
- Ah ah ! À ce propos Colline, regardez qui est là ! Vous voyez, vos amis sont ici pour vous soutenir ! Ils ne vous lâcheront pas.
- C'est super, je suis très émue.
- Alors Colline, continuez. Vous créez vous-même vos propres recettes ou vous suivez des recettes existantes.

- Un peu des deux, j'essaye de trouver ma propre voie en création, mais j'avoue que je m'inspire encore beaucoup du chef.
- De qui parlez-vous ?
- Eh bien pour moi il n'y a qu'un seul chef, le chef Pastori.
- Non Colline ! C'est incroyable !
- Quoi ?
- Je devais faire cela après la présentation des candidats, mais après tout ! Place au spectacle ! Chers candidats, je reviens à vous dans un instant, mais je dois saisir cette opportunité pour vous présenter notre jury tout frais de cette année ! Tout d'abord l'incontournable Chef Pastori !

À l'annonce de cette nouvelle, Colline manqua de défaillir. Le chef avançait depuis le fond de la scène et saluait les candidats en arrivant. Il s'approcha du présentateur, lui serra la main, puis finalement l'embrassa chaleureusement. Enfin, il remarqua Colline et ses yeux se posèrent sur elle.

- Bonjour cher Chef Pastori !

À ces mots, le présentateur déclencha un déchainement du public.

- Chef, laissez-moi vous présenter Colline, notre première candidate.

Le chef s'agenouilla devant Coline et lui baisa la main.

- Ma que bellissima. Y'espère quo tou fouai aussi bien la couisine quo tout est bella.

Colline aurait voulu disparaître. C'était un peu trop pour elle, trop d'attention, de regards braqués, de compliments et de jugements certainement. Même si elle savait que ce n'était que du spectacle, elle ne pouvait s'empêcher de se sentir atteinte par ces quelques mots venant de son idole. Elle regarda la main qu'il venait d'embrasser et ressentit la chaleur de ses lèvres. Elle rapprocha précipitamment sa main près de son corps et fut troublée par cette sensation agréable de chaud. Son esprit flottait, mais elle sentait bien les chaînes à ses chevilles qui la clouaient au sol et l'empêchaient de s'échapper : elle était condamnée à rester devant les caméras.

- Oh, mais chef ! Calmez-vous voyons ! Vous n'allez pas nous troubler nos candidates.
- Ye né drouble pas yés candidates, yé soui conjougué par Colin.
- Subjugué par Colline vous voulez dire ?
- Si, c'est cé qué yé dis.

Et s'adressant à Coline, le présentateur poursuivit :

- Alors ma chère Coline, revenons à nos moutons si je puis me permettre. Vous avez votre propre établissement et vous faites goûter vos préparations à vos clients, c'est ça ? Quelle est votre spécialité ?
- Eh bien comme je le disais, j'adore reproduire les recettes du Chef Pastori, et je les mets un peu à ma sauce. Je travaille sur un petit carnet avant de me lancer.

Heureux de cette référence, le Chef Pastori adressa un clin d'œil à Colline, sous les rires du public. Soudain prise de panique, Colline chercha du regard Guy dans le public, mais ne le trouva plus.

- Colline ?
- Oui pardon ?
- Le chef vous demandait quelle recette vous aimiez particulièrement reproduire.
- J'adore ses recettes issues du livre « une virée à deux ».
- Très bien, très bien ! Cela tombe bien Colline, car vous allez voir les surprises que nous vous réservons ! Vous devriez adorer !

Coline souriait poliment, mais elle ressentait à nouveau un étau se former autour de son corps. Et cette fois ce n'était pas l'angoisse des caméras ou du public. Non cette fois c'était la peur que tout recommence avec Guy, la bonne vieille spirale infernale.

- Bien ma chère Colline, nous vous laissons pour mieux vous retrouver tout à l'heure et passons au candidat suivant.
- À tout à l'heure.
- See you ma chère, Chef ? Chef ? Venez dont !

Le chef Pastori restait planté devant Coline, comme ensorcelé. Colline eut un léger sourire tout en cherchant du regard Guy dans le public. Le présentateur et le Chef passèrent à la présentation des candidats suivants et à ce moment Colline ressentit un immense soulagement de ne plus être sous les feux des projecteurs. Sa température corporelle descendit un peu et elle sentit ses joues devenir moins rouges.

Elle commençait à angoisser de ne plus voir Guy et ressentait à présent un très grand froid entrer dans son corps. Le froid que causait généralement son absence après qu'elle se soit de nouveau habituée à sa présence, et le très grand froid qui accompagnait ensuite son retour.

Chapitre 27 – Angélique

Angélique était arrivée un peu en retard chez le Docteur Gutenberg pour la petite réunion organisée par Adèle. Elle avait été bluffée par la capacité d'Adèle à organiser ce projet.

Mais Angélique avait aussi été bluffée par sa propre réaction face à Gustave, à peine était-elle arrivée dans la pièce qu'elle se dirigea instinctivement vers Gustave tout en demandant de ses nouvelles à son Maître. Elle n'aurait jamais pensé vaincre, certainement uniquement temporairement, sa phobie des chats grâce à Gustave.

Gustave se leva, majestueux. Il se dirigea lentement vers Angélique tandis que cette dernière s'approchait aussi, mais plus lentement. Il s'avança jusque devant elle et planta ses yeux gris dans les siens, attendant. Angélique s'agenouilla lentement et lui caressa la tête. Gustave lui adressa alors un miaulement mélodieux et assez long, ferma lentement les yeux et alla se rasseoir à sa place.

Puis elle s'assit sur le canapé confortable du Docteur Gutenberg, Angélique fut étonnée de voir le médecin à la portière lui servir un café et s'installer à côté d'elle, mais ne posa pas de question.

Elle comprit le lien qui les unissait en les observant discrètement. Ils étaient autre chose que des frères.

Elle écoutait Adèle tout en sirotant son café et en découvrant avec beaucoup de plaisir la sérénité qui émanait de cette pièce.

Angélique donna raison à Adèle sur les démarches qu'elle avait entreprises puis félicita et remercia le Docteur de s'engager autant dans cette affaire. Elle leur fit part des échanges qu'elle avait eus avec Agnès et des mails envoyés aux avocats, ainsi que des retours qu'elle avait eus.

- Dès demain je m'y penche à nouveau, je dois régler un problème personnel aujourd'hui. Une fois que j'ai du nouveau, on se recontacte et on se voit ?
- Parfait, dit le Docteur Gutenberg. Vous avez un bureau ? demanda-t-il à Angélique.
- Non, pas encore. Mon affaire est toute récente, je viens seulement de quitter un grand cabinet. La prochaine fois, nous nous verrons « Chez Colline », enfin si elle daigne encore nous adresser la parole.

Ils sourirent tous les quatre, attendris de la référence à l'aventure que vivait Colline.

Angélique vit l'heure et prit congé.

En franchissant la porte, elle eut le sentiment de jouer avec le feu. Elle n'avait pas le choix, son plan devait fonctionner. Elle ne pouvait pas les laisser tomber.

À présent, elle était chez elle avec Sarah et elles avaient passé l'après-midi à répéter leur plan.

Il était exactement 18 h 45 lorsqu'Angélique regarda sa montre. Elle jeta un coup d'œil à Sarah qui avait les yeux fermés et dont les lèvres s'agitaient. Elle semblait réciter une prière.

Angélique se passa le film à nouveau, examina l'intérieur de son sac et décida d'interrompre la méditation de Sarah.

- Bon, on y va ? Allez !
- OK, OK. J'imagine que tu n'as pas envie que je te dise qu'on peut encore faire machine arrière ?
- Non effectivement. De toute façon c'est trop tard. Avec ou sans toi, j'y vais. Ce type m'a suffisamment chié dessus. Il mérite ce qui va lui arriver.

Elles sortirent de chez Angélique et prirent la voiture de location, que Sarah avait pris soin de faire enregistrer au nom du cabinet, sous une fausse identité.

Une fois sur place Angélique tenta de détendre l'atmosphère :

- Sur les lieux du crime…

Même juste avant une audience, elle n'avait jamais ressenti une telle montée d'adrénaline. Elle sourit en pensant au parallèle. La prochaine fois qu'elle sera « avant une audience », peut-être sera-t-elle sur le banc des accusés …

Un dernier sourire à sa complice, un dernier regard entendu et les voilà qui sortirent de la voiture en même temps, après avoir pris le soin de revêtir leurs combinaisons sécurisées, leurs cagoules et leurs chaussures de sécurité.

Sarah vérifia que la plaque de la voiture de location était cachée, elle monta sur le marche pieds qu'elle avait emporté pour coller de grandes étiquettes sur les caméras de vidéosurveillance.

Pendant ce temps Angélique s'approchait d'une grande berline. Elle y versa le contenu de son jerrican et se positionna devant la voiture aux vitres teintées avec satisfaction. L'essence avait dégouliné partout autour de la voiture.

Sarah s'approcha d'elle et toutes les deux sortirent un briquet de leurs poches.

Appliquant leur cérémonial fantasmé à la lettre, elles enflammèrent un bout de bois qu'elles avaient également dans leurs poches.

Juste avant de se débarrasser de leurs morceaux de bois enflammés, elles se jetèrent un dernier regard plein d'une fougue qu'elles ne se connaissaient pas. Dans cette fougue figurait le sentiment puissant de rétablir la justice grâce à cette vengeance. Dans cette fougue transparaissait la conscience des risques qu'elles prenaient par cette folle action, surtout si elles étaient démasquées.

Pendant qu'elles échangeaient ce regard long et intense, une légère nuance sur la présentation des évènements s'imposa à elles, car la portière arrière droite de la voiture s'ouvrit laissant apparaître une jambe nue puis une autre autour de laquelle un pantalon était baissé au-dessus d'une chaussure. Immédiatement de l'autre côté ce fut des tibias revêtus de bas qui, se précipitant pour sortir, tombèrent au sol.

Paniquées Angélique et Sarah en oublièrent de lancer leurs morceaux de bois. Heureusement, pensa Angélique qui commençait à souffler sur le sien pour l'éteindre tandis que Sarah se contorsionnait pour apercevoir la (mal)heureuse élue. Sarah avait oublié la présence de sa torche et fut surprise lorsque cette dernière lui brûla les doigts. Elle la laissa tomber au sol, oubliant les flaques d'essence qui entouraient la voiture.

Au sol, le morceau de bois transforma la flaque d'essence en un sol enflammé quasiment instantanément.

Sarah semblait être la seule à ne pas mesurer ce qu'il se passait, tant elle était aveuglée par ce qu'elle avait découvert.

La proximité des autres voitures garées n'aida pas les deux complices à se sortir de la zone de danger.

Ils durent littéralement marcher sur le feu. L'homme sauta à cloche-pied sur la jambe qui avait gardé sa chaussure et contourna la voiture voisine par-derrière afin d'éviter le sol enflammé devant sa propre voiture. La femme n'eut pas cette chance ; elle était déjà au sol, les mains et les genoux pris dans ce piège.

Angélique se dirigeait déjà vers la femme et la porta hors des flammes qui gagnaient déjà certaines parties de son corps puis l'allongea au sol en l'enveloppant dans la veste qu'elle portait. Elle saisit celle de Sarah également pour lui couvrir les épaules et éteindre toutes sources potentielles de flammes. Les cheveux longs et beaux de la femme n'avaient pas survécu. Puis Angélique saisit son téléphone et composa le 18, tout en intimant à Sarah l'ordre de s'enfuir.

Sarah, toujours sonnée par ce qu'elle avait vu avant l'embrasement, regarda enfin Angélique dans les yeux. Cette dernière put y lire du dégoût. Sarah ne comprit pas tout de suite l'ordre d'Angélique, puis elle balbutia :

- Mais non enfin, je ne te laisse pas prendre tout toute seule.
- Chut ! Allez, tire-toi ! C'était mon idée.
- Mais …
- Barre-toi je te dis !

Sarah regarda Angélique dans les yeux et lui prit le téléphone, le standard était enfin disponible :

- Madame, deux corps brûlés suite à un feu de voiture.

Puis elle donna l'adresse exacte du lieu où ils se trouvaient, le parking sous-terrain du cabinet. Elle se dirigea ensuite vers le corps de la femme. Cette dernière était inconsciente, sans doute évanouie.

L'homme, quant à lui, sanglotait et poussait quelques cris aigus, il avait trouvé la force de remettre son pantalon.

En le regardant, Angélique ne put qu'éprouver un profond dégout pour Gaby, ce salaud n'était sans doute même pas brûlé, lui.

À cette pensée, elle prit soudainement conscience de sa propre douleur. Dans sa course pour sauver la dame, qu'elle ne connaissait que trop bien, elle avait été protégée par ses chaussures. C'est seulement lorsqu'elle porta la dame qui était au sol qu'elle s'était considérablement brûlé les mains et les avant-bras.

À présent, la douleur montait et elle devenait insupportable.

Des personnes commencèrent à accourir dans le parking sous-terrain du cabinet.

Gérard le connard arriva et se précipita vers Angélique :

- Angélique, mais que se passe-t-il ? Pourquoi ce feu ? Merde, ce sont des corps ? Qui est-ce ?

Angélique ne sachant quoi dire s'approcha de la victime femme et dégagea discrètement le visage qu'elle avait pris le soin de couvrir avec la veste de Sarah.

Sarah quant à elle obéit à Angélique et resta en retrait sans toutefois s'enfuir.

Gérard l'ignare blanchit comme un linge :

- Nom de dieu, c'est Suzanne… elle est ?
- Non, elle est juste évanouie.

Les pompiers arrivèrent à ce moment-là et commencèrent immédiatement à éteindre le feu de la voiture avant que ce dernier ne se propage aux autres voitures. Par chance, la voiture n'avait pas explosé.

Une équipe en rouge se précipita vers Suzanne, puis une autre vers Gaby, tandis que le plus gradé s'approcha d'Angélique après qu'elle ait manifesté qu'elle était à l'initiative de l'appel :

- Que s'est-il passé ?
- Pourrions-nous nous mettre sur le côté ? C'est assez compliqué à expliquer.

Ils s'écartèrent légèrement des groupes qui prodiguaient les premiers soins et de celui qui éteignait la voiture. Bientôt la police arriva pour faire reculer les badauds.

- Bien avant que vous ne demandiez à la police de m'arrêter, j'aimerais pouvoir tout vous raconter.

Le pompier, certainement habitué à ce genre de déclaration, ne broncha pas.

- J'avais prévu de mettre le feu à la voiture de ce type-là (elle désigna Gaby allongé au sol), je sais que vous vous en foutez, mais il a brisé ma carrière. J'ai perdu mon boulot à cause de lui. Je ne savais pas qu'il se trouvait dans sa voiture. Les vitres arrières sont teintées, donc ne voyant personne devant, je ne me suis pas dit qu'il était à l'arrière de sa voiture dans un parking sous terrain, avec la femme du patron.

TROISIÈME PARTIE
La vengeance est un plat qui se mange froid

Interlude – Gustave

L'humaine à roulettes, en plus de son charisme, semblait posséder de nombreuses autres qualités.

En effet, lorsqu'enfin elle eut rejoint le cercle fermé censé arbitrer les conditions de notre Union, Je pus M'entretenir avec elle. Lorsque Je lui signifiais Ma décision, Je ressentis que cela ne la laissait pas indifférente. Pour la première fois, elle Me regarda dans les yeux et je pus remarquer à quel point le reflet de son âme était agréable. Il était vrai que cette humaine, malgré l'absence de pelage, possédait une réelle beauté. L'émotion qu'elle dégageait M'indiqua qu'elle éprouvait une certaine tristesse, une véritable déception.

Mais alors, cela voulait donc dire que cette humaine avait de réels sentiments à Mon égard ?

N'avait-elle pas fomenté ce plan uniquement dans le but de Me détrôner, mais réellement pour unir nos deux existences ?

Il était à présent évident que ce que J'avais pris pour une démonstration de sa frayeur pour Moi n'était à l'évidence que la manifestation concrète du fait qu'elle était tombée amoureuse de Mon être sacré.

Le vent de rébellion qui s'en était suivi n'avait donc certainement rien à voir avec un quelconque putsch. Il s'agissait assurément en réalité de l'expression du mécontentement des humains face à la décision de leur Reine : M'aimer.

Elle avait dû avoir beaucoup de courage et de force pour assumer l'amour qu'elle Me portait. Cela avait dû être compliqué pour elle. Elle avait à l'évidence dû lutter contre ses sentiments dans un premier temps. Pauvre petite chose, Je comprenais mieux à présent ce qui l'avait amenée à M'accueillir chez elle puis à se cacher sans que Je puisse l'apercevoir.

Les humains M'aimaient à l'évidence, ils tombaient même en pâmoison devant Moi.

Peut-être pouvais-Je utiliser ce pouvoir d'attraction pour rendre le monde meilleur ?

Étais-Je en mesure de changer le monde ?

Peut-être avais-Je un pouvoir bien plus grand que Je ne l'imaginais. Peut-être pouvais-Je guérir les humains du mal qui les rongeait et dont ils n'avaient pas conscience ?

Chapitre 1 – Colline

Colline écoutait à peine la présentation des autres candidats. Elle était concentrée sur ses amis qui lui adressaient régulièrement des marques de soutien comme des grands sourires. Grâce à eux, elle oubliait presque l'absence de Guy et arrêtait de redouter son retour.

Lorsque le présentateur et le Chef Pastori revinrent sur le devant du plateau, Colline rebrancha son cerveau sur la fréquence du jeu auquel elle participait même si son cœur n'y était toujours pas.

- Colline, vous allez toujours bien ?
- Oui, très bien, répondit Colline se sentant un peu plus à l'aise à présent, malgré les regards en coin du Chef à son encontre.
- Eh bien, comme nous le disions tout à l'heure à Colline, nous allons donner le thème du premier défi, et il est en lien avec votre ouvrage « Une virée à deux », n'est-ce pas Chef ? Vous pourriez nous donner les règles du jeu ?
- Si, cé vré. Yé vé vou en parler. Lé tri défis pour vous les novo candidates, cé en rapor avec mon manouel « Oune viré à doué ». La particoularité en plouche cé qué you alé travaillé avekeu tou vo sang.
- Avec vos sens, vous voulez dire Chef, n'est-ce pas ?
- Si cé cé qué yé di, vo sang.

- Ah c'est intéressant ces défis ! Vous allez voir, cela va vous demander un certain investissement. Cette idée nous est venue, car le Chef Pastori et moi-même sommes les parrains de l'association « Tout pour tous » qui est une association que vous connaissez bien à présent puisque nous vous en parlons à chaque émission, elle lutte au quotidien pour que la vie de toutes les personnes en situation de handicap soit facilitée et pour que nous vivions tous ensemble en pleine conscience des uns et des autres.

  Aujourd'hui avec nos nouveaux candidats - là un peu malgré eux - nous allons donc vous proposer trois défis accès sur les mises en situation ! Vous allez, chères candidates, chers candidats, cuisiner privés d'un de vos cinq sens, tout en répondant au défi de la thématique « Une virée à deux ».

Tous les candidats se regardaient interloqués, cela ne ressemblait en rien à ce qu'ils avaient projeté. Qu'est-ce que cela pouvait donc bien dire.

- Je vous vois inquiets ! Mais tout va bien se passer, n'ayez crainte ! Alors place au premier défi ! Vous m'écoutez bien ? « Physiquement empêchés vous allez devoir séduire nos papilles en préparant un pique-nique de demande en mariage en une heure et trente minutes ».

Les candidats analysaient ces quelques mots et semblaient tous réfléchir intensément pendant que les équipes techniques arrivaient sur le plateau, équipés de fauteuils roulants, de béquilles et d'écharpes en tous genres. Chaque attirail semblait avoir été attribué au préalable puisque les techniciens se dirigeaient sans hésiter vers les candidats. Colline se retrouva dans un fauteuil roulant et dû mettre quelques minutes pour s'approprier les commandes de ce fauteuil manuel. Ce temps fut nécessaire aussi aux autres candidats qui tentaient d'avancer à cloche-pied, ou de saisir des ustensiles de cuisine à l'aide de leur seule et unique main.

Le chef Pastori reprit la parole :

- Fou zét bo, touch. Souvéné fou du tèm : démand en mariach afek un piknik
- Courage les amis, vous avez une heure et trente minutes !

Colline contrairement à ses concurrents ne se rua pas vers la cuisine pour aller chercher ce dont elle avait besoin. Elle préféra tracer mentalement les courbes de son idée et lister les ingrédients incontournables, ensuite alors qu'elle observait ses camarades se lançant à cloche-pied sur les tomates ou tentant de ramener un panier de légumes très lourd à une seule main, elle se concentra sur l'allure de ses réalisations. Elle allait réaliser une pièce montée en guise de repas et les dégustations se feraient à partir du bas jusqu'en haut où trônerait la pièce finale abritant la bague de demande en mariage. Il lui fallait tout d'abord construire l'armature de la pièce montée, qui permettrait à l'œuvre de ne pas s'écrouler au fur et à mesure de la dégustation.

Une heure et demie, ce serait court, mais elle allait y arriver.

Colline se dirigea enfin vers la cuisine et choisit avec soin ses ingrédients.

Chapitre 2 – Axelle et Adèle

Axelle et Aude étaient devenues inséparables et s'étaient mis en tête de développer des campagnes de promotion autour de chaque chat pour encourager leur adoption.

Elles décidèrent ainsi de consacrer une semaine par chat à cette toute nouvelle campagne de promotion et établirent un calendrier avec tous les chats. À raison d'un chat par semaine et considérant que trente-trois chats occupaient les locaux, cela allait leur prendre plus de sept mois pour tous les mettre à l'honneur.

Peut-être allèrent-elles devoir passer à deux chats par semaine pour donner une chance à ces félins, avant qu'ils ne deviennent trop vieux pour être adoptés … Elles revirent alors leur planning de promotion et prirent la décision de sacrer deux chats par semaine : un chaton et un chat adulte en mettant en scène les deux êtres dans différentes situations.

Leur planning s'étalait donc sur une nouvelle durée : un peu plus de trois mois et demi ; ce qui était plus audible pour ces pensionnaires.

Les deux chats choisis pour cette semaine étaient Rox et Rocky, une mère et sa fille, toutes deux rousses. Les deux complices imaginèrent une série de mises en scène afin de prendre la mère et la fille en photo. Ainsi, l'incontournable « pose câlin » ravirait les plus petits, tandis que la « pose toilettes » rassurerait les plus grands. Axelle et Aude achevèrent le portrait des deux chattes en rédigeant un petit topo sur leur histoire, y figuraient notamment la date de naissance de chacune, ainsi que le détail de leurs habitudes. On pouvait y lire notamment que Rox, la fille, adorait encore jouer et qu'elle passait son temps libre à tenter de jouer avec sa mère, tandis que Rocky, elle, préférait dormir et se reposer au soleil. Elles appréciaient particulièrement toutes les deux les enfants, et souhaitaient rester ensemble.

Adèle avait rejoint sa fille un peu plus tard dans la journée, occupée par la mise en place de son projet avec le Docteur Gutenberg et Angélique. Arrivée au refuge, elle apprécia l'entente chaleureuse qui régnait entre sa fille et Aude et décida de ne pas les interrompre. Elle rejoignit alors, Greg, le père d'Aude et lui proposa son aide. Ce dernier venait de terminer sa comptabilité et toutes les tâches logistiques du refuge, il lui proposa alors un café ; qu'Adèle accepta volontiers. Adèle commença à raconter un petit peu de son histoire, évoquant avec lui sa réunion du matin. Greg trouva Adèle très courageuse de se battre ainsi pour sa fille. Il décida par conséquent de se livrer un peu :

- J'ai le sentiment qu'avec le départ de ma femme, mon courage et ma détermination m'ont quitté. J'ai du mal à retrouver le goût des choses encore. J'ai du mal à me sentir la force d'affronter les difficultés.
- Je comprends, c'est une lutte en permanence, un combat de tous les jours. Je crois qu'il faut avant tout accepter l'inégalité de nos humeurs et les injustices qui nous frappent pour ne pas nous ronger de l'intérieur.
- Oui, c'est vrai ce que vous dites. Un peu de bienveillance avec soi ! Mais je dois avouer que ce n'est pas dans mes cordes … ce n'est pas du tout mon éducation. Je devais toujours montrer que je n'avais pas peur, que je n'avais pas mal. Je suis le dernier d'une fratrie de cinq frères. Pour trouver ma place, j'ai dû batailler et la moindre faiblesse pouvait être fatale.
- Vous parlez de votre enfance comme si vous aviez été en guerre les uns avec les autres.
- Oui j'avoue que c'est un peu le sentiment que j'ai de mon enfance.

Greg servit un nouveau café à Adèle et l'entraîna en direction du perron pour fumer une cigarette. Adèle reprit la conversation :

- J'ai toujours imaginé que les gens qui avaient eu la chance de grandir au sein d'une fratrie avaient un avantage sur la vie, qu'ils grandissaient au sein d'une structure où le collectif l'emportait sur l'individuel. Vous savez, il n'y a rien de plus angoissant qu'être enfant unique et de sentir que la cohésion de ce petit groupe que constitue votre famille, c'est-à-dire vos parents et vous-mêmes ne dépend que de vous. Ressentir cela quand on est enfant constitue un poids assez énorme je dois dire. Mais plus je discute avec des gens qui ont grandi dans une fratrie, plus je prends conscience qu'il n'y a pas de modèle parfait en fait. Tout dépend des gens.
- Oui, vous pouvez grandir dans un foyer aimant et équilibré à deux, trois ou dix ! Vraiment ce n'est pas cela qui est en jeu, mais la capacité de vos parents à vous laisser vous autodéterminer et à vous donner les outils pour le faire.
- Nous voilà partis bien loin Greg ! Revenons un peu au présent. Je vous ai parlé de notre histoire avec Axelle. Quelle est la vôtre avec Aude ? Et puis d'ailleurs, si on se tutoyait ?

Chapitre 3 – Angélique

Le pompier semblait prendre Angélique pour une folle : depuis quand les coupables se livraient-ils aussi facilement ? Pouvait-il faire confiance à une femme habillée comme un cosmonaute qui avouait avoir tenté de mettre le feu à une voiture, puis s'était rétractée, mais l'avait mis quand même sans le vouloir pour finir par se brûler par le feu qu'elle avait elle-même allumé pour aller sauver la femme qu'elle avait blessée sans le vouloir.

Une chose était sûre pour lui : si elle n'était pas coupable, elle était au moins cliente de l'hôpital psychiatrique. Dans les deux cas, sa place n'était pas à l'extérieur en liberté.

Lorsque la Police arriva, il fit signe à l'équipe qui avait fini d'éteindre le véhicule pour qu'ils viennent soigner cette étrange femme et par conséquent la retenir et l'occuper le temps qu'il briefe la police.

Angélique se laissa soigner les mains et supplia l'équipe en rouge d'avoir des antidouleurs tant la sensation de brûlure ne cessait d'augmenter.

Pendant que tout ce petit monde s'agitait, elle repéra Gérard le bavard qui allait de Suzanne à Gaby et de Gaby à Suzanne, de plus en plus rouge et énervé. Gérard le ringard finit par se mettre dans un coin, certainement pour réfléchir pendant quelques minutes, mais regardait de loin Gaby dont les soins se terminaient.

Angélique devina que son sort était en train de se jouer lorsqu'elle vit le pompier parler avec la police et la désigner de la main. Cette situation aurait dû susciter un grand stress chez n'importe quel coupable sur le point de se faire arrêter, mais chez elle, ce fut un sentiment de soulagement. Angélique sentait la colère la quitter petit à petit, tandis que la douleur continuait de la gagner.

Chapitre 4 – Colline

Colline plaçait sa pièce finale lorsque le régisseur leva les mains pour que la régie fasse retentir le gong de la fin du premier défi. Elle était satisfaite de sa réalisation. Colline avait fonctionné à l'instinct et n'avait à aucun moment prêté attention à ses concurrents.

Maintenant que l'épreuve était finie, elle jeta un regard attentif au reste de la salle et se sentit encore mieux.

Le présentateur et le Chef Pastori passèrent dans les allées et commencèrent leur inspection par le fond de la salle, le candidat qui avait la table de gauche.

Sur les dix candidats présents, celui-ci était certainement le plus jeune, il avait fait l'épreuve avec un faux plâtre tout le long de sa jambe droite et avait des béquilles :

- Hé bien Léo, dîtes-nous ce que vous avez réalisé, voulez-vous ?
- Alors c'est carrément un hamburger géant composé de quatre saveurs différentes. À chaque fois, le pain élaboré est différent, même si visuellement cela ne se remarque pas vraiment. Ici vous avez les mises en bouche avec un gaspacho de légumes sauce aigre-douce et du pain complet et grillé, ensuite la fameuse partie hamburger à ma façon. C'est un genre de Cheese burger avec du bacon et des oignons confits. Le secret c'est le jus de cuisson de la viande, vous devez la garder pour réhumidifier la viande avant de

servir. Et puis ici c'est la partie fromage avec du pain baguette. Et enfin la partie tarte Tatin.

- Et bien cela me parait fameux.
- Ché né pa du la couisin !
- Que dites-vous Chef ? Ce n'est pas de la cuisine ?
- Habourgère cé amérik. Amérik né fé pa dé la couisin !
- Un peu de tolérance Chef, voyons.
- Yé né goutré pa.
- Mais attendez ! Attendez la suite quand même, supplia Léo.
- Oui, attendez un peu, chef – renchérit le présentateur en direction du Chef Pastori. Puis il reprit à l'attention de Léo - où avez-vous caché la bague de demande en mariage ?
- Dans une frite géante, répondit Léo.

Manquant de défaillir, le Chef surjouait le fait d'être outré.

Toute la mise en scène prévue se déroulait à merveille. Le candidat privé d'évaluation suite au refus du chef de goûter faisait un scandale, mais acceptait volontiers son retour en coulisse, pensant au chèque prévu dans son contrat fraîchement signé.

La caméra faisait un gros plan sur le présentateur, outré par le comportement du Chef qui faisait mine de se confier :

- Mon Dieu, le Chef Pastori nous étonnera toujours ! Heureusement que le reste du Jury arrive pour le 2e défi. Mais à ce rythme-là, j'ai bien peur que la moitié des candidats ne soient déjà disqualifiés !

Pendant que le présentateur faisait part de ses craintes au public et aux téléspectateurs, en arrière-plan se jouait une autre scène. Le Chef Pastori avait carrément saisi ce qui semblait être un bouquet de mariée de roses blanches, mais qui s'avérait être en réalité une composition culinaire à base de sucre, et le brandissait en hurlant :

- Tou né respekt poua lé téme. Ché né pa un pik-nik

La pauvre victime du Chef Pastori était un homme d'une cinquantaine d'années bedonnant et chauve qui s'était mis à pleurer en hurlant de laisser son bouquet tranquille, mais qui ne parvenait pas à l'attraper, son bras étant toujours accroché en écharpe.

Le présentateur, rassuré que la mayonnaise prenne à ce point, se délectait tout en simulant d'être attristé pour les candidats :

- Bon et bien je crois que nous n'avons plus que huit candidats … Chef, revenez avec moi, nous allons remettre un peu de discipline dans l'évaluation de cette épreuve. Chef ? Chef ?

Le Chef s'était dirigé vers une candidate aux allures de BCBG, qui avait, comme Colline, vécu l'expérience du fauteuil roulant. Cette dernière, en référence à la future lune de miel qui découlerait de ce pique-nique, avait réalisé un repas très pratique : une sorte de ruche qui comportait différentes aspérités et qui chacune, contenait des surprises culinaires. Le Chef s'y attarda et commença à goûter quelques mignardises qu'offrait ce contenant original. Il semblait se régaler, puis décréta :

- Ma, tou né poua moun genreuh, yé préfèr Collin, mai ta couisin é féculente.
- Succulente vous voulez dire Chef ?
- Si ! Cé cé ké yé di.

Le Chef se régalait et continuait ses dégustations, tandis que Nadine la candidate à la ruche regardait Colline avec un air dédaigneux et satisfait.

Soudain le Chef prit appui sur le rebord de la table et sembla se concentrer. Le présentateur, habitué à ces jeux de scène reprit la main :

- Vous assistez vraisemblablement chers amis à un cas de conscience du Chef. Peut-être va-t-il faire comme l'année dernière, vous vous souvenez lors de la saison sur les cuisiniers de maison de retraite, lorsqu'il a exercé son pouvoir de décision … attendez ! Que fait-il ? Il se dirige vers Nadine et … Oui c'est ça, il lui offre sa toque ! Et ainsi sa place en finale directement !
- Mé yé soui tellemen ému ké yé plore.
- Ça lui fait toujours ça, il a les papilles directement connectées aux glandes lacrymales, le pauvre. Allez Chef, venez-vous asseoir.
- Yé doi countinouer dé gouté le autres candidates.
- Faisons une pause Chef, puis s'adressant à la caméra, profitez-en chez vous pour faire une pause aussi ! Je suis sûr que vous avez testé quelques recettes de nos candidats, il est temps d'aller surveiller la cuisson là non ? Et n'oubliez pas de poster vos

créations sur les réseaux sociaux avec le hashtag « Premier en cuisine ».

Allez à tout de suite les amis !

Puis le régisseur intervient :

- OK, là on coupe, on fera une coupure pub à ce moment, OK la régie ? Nous on enchaîne par contre !

  OK tout le monde, on reste concentré et on enchaîne !

Chapitre 5 – Angélique

Pour Angélique, la douleur était tellement insupportable que des larmes coulaient le long de ses joures.

Un pompier finissait de lui prodiguer les premiers soins, lorsqu'un jeune policier s'approcha d'elle. Ayant reçu les instructions de son supérieur, il ne la lâchait pas du regard et gardait la main droite collée à son colt, prêt à dégainer.

Angélique se prit à espérer que rien ne fasse sursauter ce petit gars de peur d'être criblée de balles. Elle se sentait soulagée par ce qu'elle avait fait, peu lui importait d'être arrêtée, mais elle n'avait pas envie de mourir !

Pour tromper sa crainte, Angélique observait l'étrange Vaudeville qui se déroulait devant ses yeux. Suzanne avait retrouvé toute sa conscience et était assénée de questions par Gérard-le-poissard. Une fois qu'il en eut fini avec Suzanne, il se dirigea à nouveau vers Gaby et tenta de garder son calme. Angélique le voyait serrer les poings et se dit qu'elle ne connaissait pas son ex-patron sous cet angle. Quelque part, d'assister à cette scène durant laquelle sa vie se déchirait le rendit plus sympathique aux yeux d'Angélique.

Sarah se tenait à l'écart, mais ne quittait pas les lieux, elle veillait sur Angélique. Toutes deux se regardèrent, retenant un fou rire lorsque Gérard le revanchard se lança sur Gaby pour essayer de lui mettre des coups de poing. Les pompiers attrapèrent Gérard le pleurnichard qui se convulsait à présent au gré du rythme de ses sanglots.

Gaby, les voyant rire, s'approcha d'Angélique l'air mauvais :

- Vous êtes fières de vous ? Vous avez vu le merdier que vous avez foutu.

Sarah s'était jointe à Angélique, comme pour faire front face à leur ennemi commun.

Toutes les deux le regardaient avec l'air hautain que Sarah prenait lorsqu'elle souhaitait signifier son mépris envers une personne. Gaby, fou de rage, pointa Angélique du doigt et continua :

- Tu avais pourtant été prévenue ! Tu n'as donc peur de rien ? Ou alors tu es complètement idiote ?

Voir respectivement leur collègue et ancien collègue dans cet état les fit mourir de rire. Le fou rire qu'elles contenaient depuis une dizaine de minutes explosa enfin.

Désemparé, Gaby tenta de poursuivre son monologue, mais sans grand succès. Il tapa du pied pour se faire entendre, serra les poings et les raidit le long de son corps. Devant son impuissance flagrante, Gaby sentait son sang bouillir. Si bien qu'il eut un geste incontrôlable et se jeta sur Angélique pour l'étrangler. Le petit stagiaire qui était resté à côté d'Angélique pour la surveiller intervint aussitôt et ceintura Gaby.

Le plus gradé, qui supervisait la police scientifique chargée de prendre les photos de la scène, lui lança alors :

- Bien le bleu ! Eh bien, c'est du costaud pour ton premier terrain, mon gars ! Par contre vas-y mollo quand même, à la base c'est une victime, ajouta-t-il plus bas en désignant Gaby du regard.

Le « bleu » ramena Gaby vers le véhicule de pompier dont il était parti pour parler à Angélique tout en maintenant son emprise. Gérard le toquard, lui, pleurnichait toujours dans l'autre véhicule de police tandis que sa déposition était prise par deux jeunes femmes en uniformes.

Chapitre 6 – Colline

Le Chef avait poursuivi son tour des candidats et était finalement arrivé devant Colline :

- Ma ! Bella Collin, tou é de plou en plou bella !

Le Chef regarda la pièce montée réalisée par Colline et feint de s'évanouir. Le présentateur accourut et mima de le réanimer. Tous deux prirent une portion d'un étage différent de la pièce montée et un silence envahit le plateau. C'est le présentateur qui rompit cette paix en déclarant :

- Mon Dieu Chef ! On dirait votre cuisine, mais … Mais en meilleur !

Et de reprendre en chœur avec le public :

- Qu'en pensez-vous Chef Pastori ?
- Cha mé coute dé lé dire, mé yé croi qué vou dit vré ! Collun ma troné !
- Colline vous a détrôné vous voulez dire Chef ? Je crois que vous avez raison. Colline, c'est incroyable ! Vous avez mêlé les arômes subtils des matières avec le croquant de votre biscuit salé, le moelleux des autres ! Et les saveurs ! Mon Dieu Colline c'est divin !

Le Chef manquait de tomber, il s'accrochait à la table. Puis trouvant la force de se redresser, se dirigea vers Nadine et lui arracha sa toque. Le public, entraîné dans cette escalade des émotions, prononça toutes les onomatopées inscrites sur les panneaux des techniciens. Le présentateur intervint :

- Non Chef, vous ne pouvez pas faire cela ! Nous avons peu de règles, mais celle-ci est indérogeable ! Vous ne pouvez changer d'avis lorsque vous avez délivré votre toque !

Le Chef se résigna, mais quitta le plateau. Le scénario ayant été élaboré à l'avance, une équipe l'attendait dans le couloir et suivit sa course dans les coulisses. Le Chef courait partout en hurlant :

- Oune otre tok ! Oune otre tok !

Un assistant se précipita alors vers lui, une toque à la main et lui tendit. Le Chef s'agenouilla alors et baisa les pieds de son sauveur, puis il rejoignit le plateau en courant sous les cris de joie du public et déposa la toque sur la tête de Colline. Le présentateur reprit encore une fois la main et déclara :

- Vous l'aurez compris, nous vivons un moment incroyable dans l'histoire de « Premier en cuisine », pour la première fois, le Chef envoie deux personnes en finale dès le premier tour ! Et … mais attendez ! Mais que fait-il ?

Le Chef continuait son tour dans les allées et goûtait aux créations des autres participants. Ces dégustations ne semblaient pas le convaincre le moins du monde, si bien que le présentateur embraya :

- Mais attendez Chef ! Attendez !

Puis s'adressant à la caméra tout en rejoignant le Chef Pastori d'un pas pressé :

- Comme c'est la première fois que nous sommes dans cette situation, je suis un peu long à la détente ! Mais je crois que nous allons passer directement à la finale, directement au 3e défi !

Arrivé à hauteur du Chef, le présentateur continua :

- Écoutez, Chef, je crois que vous venez de choisir vos deux finalistes ! D'habitude vous envoyez un candidat en final dès le premier tour, le dispensant du 2e défi. Alors quatre candidats s'affrontent en demi-finale, puis deux en finale. Mais là Chef ! Vous venez de fait de disqualifier tous les autres candidats ! Je déclare l'épreuve terminée ! Place à la finale !

À ces mots, et comme le voulait la tradition, les candidats se lancèrent alors dans une bataille géante de nourriture sur la base de leur création. Le présentateur, tentant d'éviter les projectiles, continuait son solo avec la caméra :

- Hé bien mes amis, je crois que nous vivons un moment unique ! Nous allons faire une courte pause et vous retrouver ensuite pour le 3e défi, car pour ceux qui nous rejoignent seulement, le Chef vient de disqualifier huit candidats en en envoyant non pas un, mais deux directement en finale – le présentateur reçut un bout du hamburger géant en sa partie tarte Tatin, en goûta un bout et fit la grimace. Ce n'était effectivement pas terrible ! Allez à tout à l'heure les amis, nous serons rejoints par le reste de notre jury, les Chefs Lemon et Cello !

Colline était transportée ! Elle avait sa place en finale et n'avait plus qu'une seule concurrente !

Elle était incollable sur « une virée à deux », et la difficulté liée à la privation des sens l'intéressait et la challengeait au lieu de la faire se sentir empêchée.

Tout émerveillée de ce qui lui arrivait, elle n'avait qu'une hâte : pouvoir partager sa joie avec Guy. Un bref aperçu du public lui indiqua qu'il n'était toujours pas revenu à sa place. Colline commençait réellement à s'en inquiéter, car au-delà de se faire du souci pour lui, elle s'inquiétait de savoir comment elle allait rentrer chez elle ! Elle se dit alors qu'il était assez inconcevable qu'un homme absent depuis à présent deux ans puisse réussir l'exploit de se rendre à nouveau indispensable en si peu de temps. Pourquoi était-il revenu pour l'abandonner cette fois aussi vite ? C'était incompréhensible, surtout qu'il avait l'air guéri, elle ne l'avait pas vu jouer une seule fois depuis son retour.

Sa cure de désintoxication aux jeux avait certainement dû fonctionner, sinon pourquoi aurait-il eu le droit de sortir. En même temps, Guy savait mentir à la perfection pour obtenir ce qu'il souhaitait. Et en tant que joueur invétéré ce qu'il souhaitait certainement au fond de lui c'était jouer, sauf que jouer sans argent était chose impossible.

Et puis soudain, ce fut évident lorsque Colline vit Giovanni, Louise et Ghislain la rejoindre tant bien que mal en se traçant un chemin au travers du public déchainé qui continuait la bataille de créations culinaires.

Il était revenu au moment où la nouvelle de sa participation à l'émission s'était répandue : Colline était à nouveau apparue à ses yeux comme un tiroir-caisse sur pattes potentiel.

Chapitre 7 – Adèle

Toujours installé sur le perron, Greg commençait à peine à se livrer sur sa vie personnelle auprès d'Adèle, qu'Axelle et Aude arrivèrent comme des piles électriques.

Leur petite campagne de communication avait marché pour le mieux. À peine avaient-elles commencé à poster les aventures de Rox et Rocky que des messages arrivèrent leur demandant si les deux chattes étaient stérilisées, vaccinées, si elles avaient des allergies, des habitudes particulières. Elles durent renseigner pas moins de cinq familles. Malheureusement pour Rocky, les familles étaient intéressées par sa fille et non par elle. Aude et Axelle avaient beau insister auprès des gens pour que le couple mère-fille soit adopté, rien n'y faisait. Jusqu'à ce que Jeannine les contacte et demande à venir voir les chattes.

C'est dans cet état d'excitation qu'Aude et Axelle interrompirent leurs parents respectifs en pleine confidence, la fameuse Jeannine allait arriver d'un moment à l'autre. Surexcitées, les deux amies racontèrent cette histoire. Si leur idée marchait aussi fort pour chacun des chats, elles arriveraient bientôt à leur trouver une nouvelle vie digne de leurs existences de pachas. Fières d'elles, elles organisèrent au mieux l'attente et pendant qu'Aude faisait le guet, Axelle était retournée dans la pièce des chats pour préparer Rox et Rocky. Et l'attente commença.

Greg et Adèle ayant fait le deuil de leur échange de confidences s'étaient pris au jeu de leurs filles et faisaient des plans sur la comète avec elles, en rêvant à un monde où les choses couleraient de source et où chaque animal en vie n'aurait pas à vivre cloîtré dans une cage.

Jeannine avait une heure de retard, mais cela n'avait pas d'impact sur l'euphorie collective qui s'était emparée de ce refuge.

À 12h, Jeannine avait deux heures de retard et les filles tentèrent de la joindre plusieurs fois par Messenger, sans succès. Adèle demanda :

- Elle vous a donné son numéro de téléphone, son adresse ?

Les filles remontèrent le fil de leur conversation et rien de semblable ne fut mentionné.

- Vous savez quoi d'elle en fait ?
- Euh attends, je te lis ce qu'elle a écrit.

Axelle reprit le tout début des échanges et commença la lecture, tandis que Greg allait décrocher le téléphone du refuge qui venait de se mettre à sonner.

- Alors elle nous a écrit : Bonjour, je suis une vieille dame de 85 ans, je vis seule. J'adore les chats. J'en ai d'ailleurs dix qui vivent avec moi.

Les filles explosèrent de rire et Aude dit :

- On s'est dit que c'était typiquement le portrait d'une vieille à chats.

Axelle poursuivit :

- Je suis très gentille et affectueuse. Ensuite elle nous a posé d'autres questions, sur le coût, les modalités avec la SPA, etc.

La conversation de Greg qui devenait de plus en plus bruyante stoppa les filles dans leurs conversations :

- Vous êtes sérieux ? Mais quand ? Combien ? Oh non … on peut retrouver la personne ? Non bien sûr que non ! criait à présent Greg, dans le combiné.

Adèle, entendant l'étrange conversation, fut prise d'un doute :

- Elle voulait savoir quoi sur le coût, et ce que tu appelles « les modalités avec la SPA » ?
- Attends, je lis … oui alors : « je peux vous régler par internet, car je n'ai pas de chéquier ni de carte bancaire ». Alors on a dit oui,

ensuite elle nous a demandé le numéro de la carte bancaire de l'association pour faire le virement et ...

- Le numéro de la carte bancaire ?
- Oui.

Greg raccrocha à ce moment et annonça bouleversé aux filles :

- C'était la banque, trois demandes de virements à hauteur de 10 000 euros chacune ont été faites ce matin. Si la banque ne m'avait pas appelé, on se serait fait vider les comptes de l'association !

Axelle et Aude se regardèrent paniquées, et Aude reprit :

- Mais non ! Ce ne peut pas être Jeannine, enfin !

Puis Aude prit le portable des mains d'Axelle et l'approcha de son père :

- Regarde sa photo, c'est une vieille dame, t'as déjà vu une vieille dame arnaquer des gens toi ?

Axelle, qui se sentait de plus en plus mal était prise de vertiges et dut se tenir à la table de l'accueil pour ne pas tomber. Ses oreilles bourdonnaient et sa vue se troublait, elle eut juste le temps d'entendre sa mère se diriger vers elle et lui dire :

- Mais enfin Axelle ?! Je comprends pas, tu le sais bien pourtant ! Tu es bien placée pour savoir que n'importe qui peut se cacher derrière un profil sur internet !

Axelle tomba et sombra dans un sommeil sans rêves, a priori.

Chapitre 8 – Angélique

Le pompier ayant fini d'appliquer le bon onguent sur les brûlures d'Angélique s'en était retourné auprès de ses collègues. Ces derniers semblaient débriefer de l'état des blessés.

Angélique et Sarah observaient Gaby de loin. Il était à présent redevenu inoffensif, mais les regardait avec un air mauvais, très mauvais, empreint de promesses de vengeance.

Angélique songea que tout son plan s'était écroulé en moins d'une seconde. Au départ le plan était ficelé pour que rien ne foire et pour que l'on ne puisse remonter la piste jusqu'à elles, mais à présent que l'enquête prenait des allures de flagrant délit, c'est une autre histoire… Elle tenta de se rassurer et se dit qu'elle pouvait compter sur sa capacité à trouver des vices de procédures pour faire annuler celle qui allait inévitablement lui tomber sur la tête.

Le Policier qui avait félicité le stagiaire s'approcha d'Angélique et lui demanda :

- Vous reconnaissez être à l'origine de cet incendie ?
- Oui, affirma Angélique.
- Vous reconnaissez avoir mis le feu à ce véhicule de manière intentionnelle ?
- Oui jusqu'à ce que je voie des personnes à l'intérieur, là je n'allais plus le faire

Le policier la regardait de manière sceptique comme s'il pressentait que la prévenue se payer sa tête, puis il dit :

- Je dois vous amener au poste pour prendre votre déposition.
- On peut pas le faire ici ?
- Non j'ai reçu des ordres, je dois vous amener au poste, la hiérarchie veut prendre la déposition directement.

Confiante elle suivit le policier et fit signe à Sarah de s'éloigner. Cette dernière le fit à contrecœur.

Pendant que le policier amenait Angélique à la voiture, le chef des pompiers se dirigea vers eux en courant :

- Où l'amenez-vous ?
- Bah au commissariat !
- Sûrement pas, elle a besoin d'une chirurgie. Elle est brûlée au 2e degré profond voire 3e, je sais pas comment elle tient debout. Elle doit voir un médecin à l'hôpital immédiatement, d'ailleurs on s'apprête à partir là.
- Mais j'ai reçu des consignes.

Angélique intervint :

- Vous avez entendu, si vous voulez m'interroger, faites-le à l'hôpital. Vous ne voudriez pas foutre en l'air votre procédure juste pour un vice de procédure, dit-elle avec un sourire.

Le policier ravalant sa fierté se tut et obtempéra.

Le cortège de voitures de pompiers et de police partit en direction de l'hôpital sous les yeux des badauds, des membres du cabinet et de Sarah.

Sarah, toujours en combinaison, commençait à attirer l'attention de la foule qui n'avait plus d'autre source de distraction. Elle rejoignit alors discrètement sa voiture de location et suivit le cortège avec la ferme intention de ne pas laisser Angélique assumer tout, toute seule.

Angélique, à l'arrière du camion de pompiers, commençait à s'interroger. Elle, si sûre d'elle habituellement, doutait de la fin heureuse de cet accident. Dans son esprit, ce qui venait de se dérouler relevait plus de l'accident que de la faute intentionnelle, mais le trajet jusqu'à l'hôpital lui rendit sa clairvoyance et sa lucidité, à moins que ce ne soit les effets des antidouleurs sous perfusion auxquels elle avait droit. Il était évident que les faits étaient contre elle. Les éléments matériels conduisaient inévitablement à la préméditation.

Dans le meilleur des cas, elle prendrait du sursis et serait radiée du barreau, dans le pire des cas … elle préférait ne pas y penser pour l'instant. Il fallait qu'elle profite des quelques minutes de tranquillité pour contacter un avocat qui accepterait de la défendre. Pour cela, il lui fallait attraper son téléphone et composer un numéro de téléphone d'un confrère qui l'aiderait ; sauf que pour Angélique, ces deux choses étaient inexécutables. Ses mains brûlées rendaient impossible la manipulation d'un objet ; et sa carrière professionnelle n'avait pas été composée que de gentilles rencontres et de tendres amitiés dans le milieu. Loin de là en effet, car aucun des confrères qu'elle connaissait ne l'appréciait suffisamment pour accepter de la défendre, surtout contre Gaby.

Chapitre 9 – Colline

Dès que les caméras s'éteignirent, la pression à laquelle tout le monde s'était habitué retomba sur le plateau et chacun ne put alors s'empêcher de laisser échapper un soupir de soulagement.

Comme par pudeur vis-à-vis des personnages qu'ils devaient incarner à l'écran, le présentateur et le Chef Pastori n'adressèrent ni un regard ni un mot aux candidats. Juste avant de quitter le plateau, le présentateur se dirigea vers le régisseur et lui demanda :

- On est pas mal, hein ? Ça marche fort je trouve.
- Trop fort, super bon duo, on pourrait pas imaginer que vous pouvez pas vous blairer en vrai.

Le chef était parti par le couloir, mais le présentateur adressa un « chut » sous forme de reproche au régisseur :

- Nan, mais ta gueule, imagine que ça se sache et on perd toute crédibilité.
- Oui t'as raison, désolé ma poule.

Le présentateur fila aussi par le couloir.

Colline, observant ce petit manège de loin, se sentit soudainement lasse, épuisée et affamée !

Le régisseur se rapprocha alors des candidats :

- Bon mes chéris, vous avez été parfaits ! Ça va cartonner. Alors petit récap. Il est 13 h, on devait finir vers 15 h, mais vu que le 2e défi est annulé, vous avez quartier libre jusque 17 h. À 17 h je veux voir tout le monde en loges, compris ?

Le jeune au hamburger intervint :

- Euh moi je croyais pas qu'il fallait revenir ce soir, pas sûr que ce soit écrit dans mon contrat ça.
- Écoute l'intello, je te laisse relire ton contrat et revenir ce soir, car je suis sûr de la réponse moi ! Tout le monde ici ce soir, n'oubliez pas ! On fait vos commentaires en direct sur le premier défi que l'on diffuse, et ensuite la finale totalement en direct avec nos deux chéries.

Là-dessus, il s'approcha de Colline et de Nadine, se mit entre elles et les prit chacune par le bras :

- Alors vous, mes poupées, vous avez quartier libre aussi, mais on vous a réservé une petite séance de relaxation, alors revenez pour 16 h, OK ?

Puis s'adressant à tout le monde :

- Allez, les candidats, quartier libre, tout le monde disparaît !

Nadine regarda Colline de travers, elle semblait ne pas encaisser le coup de la toque qu'elle avait failli perdre à son profit.

Colline n'y prêta pas attention et eut soudainement hâte que tout soit terminé, ce milieu étrange la rendait mal à l'aise. Nadine, trop occupée à écouter son ego lui parler, déclara à Colline :

- Tu sais, il a fait semblant tout à l'heure. En vérité, il n'allait pas du tout m'enlever la toque, c'était pour le show. Pff t'es vraiment naïve, tu sors d'où d'ailleurs ? On dirait que tu viens de la campagne. Ah oui, c'est ça, tu dois pas être au courant de comment ça marche en fait. T'es au courant ou pas ?

Colline tentait d'ignorer Nadine, mais sa curiosité piquée au vif, elle ne put s'empêcher de demander :

- Au courant de quoi ?
- Bah que c'est moi qui vais gagner, je suis la pouliche.

Colline eut envie de répliquer qu'elle aussi avait été appelée « la pouliche », mais constatant l'avantage qu'elle pouvait retirer d'être seule à bénéficier de cette information, elle se tut et sourit poliment, avant de tourner les talons, en direction du couloir qui la ramènerait à sa loge.

À peine avait-elle chassé ce sentiment que sa joyeuse petite bande l'interpella :

- Colline, on t'attend dehors, OK ? Juste devant la porte d'entrée et on va déjeuner.
- OK, je retourne dans ma loge pour prendre mes affaires et j'arrive.

Colline, légèrement regonflée par l'énergie de ses amis, se dirigea vers sa loge. Elle parcourut le petit trajet du couloir jusque dans sa loge comme si elle flottait dans les airs. Il suffisait que Guy disparaisse à nouveau quelques heures pour qu'elle retrouve un peu de légèreté, certes entachée de la crainte de son retour, mais de la légèreté quand même. Tout en mettant la main sur la poignée de sa loge, elle se rappela qu'elle devait absolument trouver le contrat qui la liait à la production de l'émission et le lire, indéniablement les autres candidats avaient davantage d'informations et elle commençait à trouver tout ce petit manège assez louche.

Arrivée dans sa loge, toute forme de légèreté et d'insouciance quitta instantanément son corps. Son sang se glaça.

Guy était prostré dans un coin, couvert de sang. Colline se précipita vers lui :

- Guy, mais qu'est-ce qu'il s'est passé ?
- Ils m'ont retrouvé et …

Il fondit en larmes.

- Mais qui ? Qui t'a retrouvé ? demanda Colline.
- Bien tu sais, les mecs à qui je dois du fric.
- Mais pourquoi tu leur dois encore de l'argent ? Je croyais que tout était fini, tu as recommencé à jouer ?
- Arrête de m'engueuler, tu vois bien que je saigne, que je suis blessé.
- Oui, excuse-moi. Que t'ont-ils fait ?
- Ils m'ont tapé là et là.

En disant cela, Guy désigna vaguement des parties de son corps. Colline poursuivit :

- Mais ça s'est passé où ? Ici, dans ma loge ? Dehors ?

- Ici dans ta loge.
- Mais comment ont-ils fait pour te trouver ici ?
- Ils nous ont suivis.

Colline n'y comprenant rien, insista :

- Mais je ne comprends pas Guy, tu étais dans le public, et ensuite tu es parti. Pourquoi n'es-tu pas resté sur le tournage de l'émission ?

Attendant sa réponse, Colline examinait plus précisément l'état de Guy et fronçait les sourcils.

- Je sentais bien qu'ils étaient là et que …
- Tu te fous de moi ? Tu me racontes des conneries ! Tu n'as rien ! où as-tu trouvé ce faux sang ?
- Mais, si regarde.

Guy se leva et indiqua des endroits de son corps par lesquels le sang était censé couler, mais rien ne se passa. Ne perdant pas son sang-froid et son objectif de vue, Guy continua, agressif :

- Tout est de ta faute Colline, si tu faisais attention à moi, je ne serais pas obligé de faire ce genre de choses pour attirer ton attention ! Tu sais très bien ce qu'il se passe quand tu ne t'occupes pas de moi, je suis malheureux, Colline, je suis malheureux et je recommence alors à jouer, pour me sentir un peu vivant, car tu me tues, Colline, tu me tues à petit feu !

Il s'écroula dans les bras de Colline et fondit en sanglots. Colline, à mesure qu'elle prenait conscience de la réalité, puisait au fond d'elle une force qu'elle ne soupçonnait pas. Sans se démonter, elle l'interrogea :

- Pourquoi es-tu revenu ? Pourquoi après tant de temps passé à te soigner, tu reviens maintenant et sans me prévenir ?
- Parce que je suis rien sans toi, je n'existe pas, je je …
- Je crois que tu es revenu, car tu as flairé la bonne affaire Guy. À peine Giovanni avait créé le groupe sur Facebook concernant ma participation à l'émission, que tu es revenu. Je trouve ça un peu gros.
- Et alors ? Je suis ton mari non ?

Guy commençait à nouveau à s'énerver, et lorsqu'il s'énervait, il envoyait ses bras dans tous les sens :

- Je peux quand même revenir voir ma femme, surtout quand je vois qu'elle me trompe.
- Je ne te trompe pas Guy.
- Et le fleuriste ? Et les lettres anonymes ? Et les textos là que tu as reçus de Germain !

Il brandissait son téléphone qu'elle tenta d'attraper en vain. Guy la saisit par le cou en la plaquant contre le mur :

- Tu te fous de ma gueule Colline ? Tu veux que je crève de honte c'est ça ? Tu veux me ridiculiser, hein ?

Il tapa du poing contre le mur et la porte de la loge s'ouvrit à la volée laissant apparaitre Giovanni, Ghislain et Louise qui se jetèrent aussitôt sur Guy. Ghislain et Giovanni le ceinturèrent une fois qu'il fut écarté de Colline et Louise prit Colline dans ses bras. Colline, se sentant plus forte que jamais pressentit que le moment était venu pour elle de revendiquer ce qu'elle voulait :

- Guy, je veux que tu partes, on divorce et on partage tout, mais je ne veux plus te voir. Plus jamais. Je préfère tout perdre, même mon café plutôt que d'être obligée de te revoir.

Guy, cracha au sol et éructa les yeux exorbités :

- Je vais tout te prendre tu vas voir, je vais te dépouiller t'auras plus rien, tu vas crever dans tes putains de cakes de merde. Jamais tu trouveras un mec comme moi.
- Sortez-le ! cria Louise à l'attention de ses deux amis.

Guy continuait de déblatérer des propos ahurissants faisant référence à la cuisine de Colline, à sa mère, à son père, au fleuriste, mais peu à peu ce bruit s'étouffa.

Consciente de ce qu'elle venait de faire, Colline s'effondra et pleura. Pour la première fois, elle prenait la mesure de l'enfer qu'elle vivait avec ce type malade, qui ne trouvait son équilibre qu'en la manipulant sans cesse.

Louise accueillit le long flot des sanglots de son amie, qu'elle ne jugeait pas, mais qu'elle comprenait tant elle savait les ravages de l'emprise d'une personne de ce type.

Lorsque les deux comparses revinrent de leur mission d'extraction du forcené, Louise leur indiqua d'un signe de tête le malaise que Colline prenait en pleine face.

À trois, ils s'entendirent. Ils avaient une poignée d'heures pour regonfler le moral de Colline et lui permettre d'aborder la finale en ayant toutes ses chances.

Chapitre 10 – Gustave

Je n'avais rien contre le nouvel humain de Mon humain. Mon humain semblait le considérer comme son égal, mais pour Moi Mon humain serait toujours supérieur aux autres. Je Me faisais cette réflexion en les observant depuis le rebord de fenêtre sur laquelle Je prenais le soleil. Entre eux il y avait les mêmes ondes qu'entre l'humaine à roulettes et Moi : une volonté d'osmose. À la différence que chez les êtres sacrés cette volonté est fortement maîtrisée par la supériorité de notre esprit et de notre corps et que nous ne nous adonnons pas, ou en tout cas seulement les plus faibles d'entre nous, aux démonstrations publiques de ces sentiments si primaires.

Les deux humains émettaient des ondes paisibles, calmes et regardaient ensemble des carrés dans lesquels les images d'autres humains, mais beaucoup plus petits étaient figés. L'humain de Mon humain eut de l'eau qui sortit de ses yeux et Mon humain, en bon roi, l'accueillit dans une étreinte apaisante, comme pour lui pardonner ce laisser-aller.

L'appareil pour se parler à distance sonna et Mon humain se mit à émettre de nouveaux sons à l'attention de cet objet, ses sons étaient forts et angoissants. Au fur et à mesure qu'il émettait des sons avec cet objet, les ondes finirent cependant par évoluer et devinrent plus positives. Il semblait ressentir la même chose que les fois où la dame du café était venue Me chercher chez l'humaine à roulettes et que lui était enfin venu Me récupérer.

Mon humain parla ensuite avec son humain, tous les deux prirent leurs affaires et partirent rapidement de la pièce. Lorsque J'entendis la porte d'entrée claquer, Je compris que J'étais seul à présent.

Peut-être allaient-ils enfin Me laisser un peu de répit et empêcher les bassesses de leur existence de M'atteindre à ce point. D'autant qu'il était à présent plus qu'évident que Mon rôle, Mon destin ne se limitait plus aujourd'hui à régner sur mon Palais. Je Me sentais appelé à prendre des responsabilités.

Je Me sentis soudainement ému par l'adjectif qui me vint.

Il était évident que Mes responsabilités étaient divines.

J'eus soudain sommeil et ressentis beaucoup de gratitude à l'égard des humains qui M'avaient laissé la possibilité de Me reposer seul. Je sentais que Je devais prendre des forces pour affronter ce qui M'attendait.

Chapitre 11 – Adèle

Dans la chambre d'hôpital d'Axelle, Adèle raccrocha enfin son téléphone. Elle était soulagée que le Docteur Gutenberg ait accepté de venir voir Axelle immédiatement à l'hôpital.

Adèle se refit le fil des événements, souffla profondément et inspira ensuite. Elle se félicita pour sa réactivité : elle n'avait pas perdu de temps. À peine avait-elle constaté le malaise de sa fille qu'elle avait bondi sur le téléphone pour appeler les secours. En quelques minutes le SAMU était arrivé et avait transporté sa fille jusqu'aux urgences les plus proches. Adèle, elle, avait suivi le véhicule de secours accompagnée de Greg et d'Aude.

Puis elle se détesta immédiatement. Elle, Réactive ? Son impulsivité avait propulsé sa fille dans un état de choc ! Ah ça oui elle pouvait être fière d'elle, fière d'être une mauvaise mère.

Étouffée par la culpabilité et le sentiment d'avoir échoué une deuxième fois, Adèle priait pour que sa fille se remette et que ce malaise soit juste un coup de fatigue et non une rechute. Elle n'aurait pas la force d'affronter à nouveau tout depuis le début. Elle n'aurait pas la force de perdre une nouvelle fois sa fille, de la porter à bout de bras, de ne pas savoir si la situation s'éclaircirait un jour ou non.

Si seulement elle s'était tue ! Mais quel besoin avait-elle eu de dire cela à sa propre fille ? De la culpabiliser en la renvoyant directement dans la gueule du loup !

Incapable de donner le change, elle fit un signe discret à Greg et lui dit qu'elle avait besoin de sortir de la chambre d'Axelle. Greg comprit le message et dit alors à Aude de veiller quelques minutes sur Axelle, le temps qu'ils aillent chercher des boissons.

Rassuré par la tournure favorable que prenait la situation, Greg qui avait tant pesté parfois contre les délais et les procédures visant à sécuriser les virements en ligne se surprit à éprouver un vrai sentiment de reconnaissance vis-à-vis de son banquier et puis il se dit que finalement, comme tout bon banquier, cette procédure n'était pas mise en place pour sécuriser les clients, mais uniquement pour éviter les contentieux, coûteux pour les banques. Alors il remercia juste la vie de lui avoir fait ce cadeau, de lui avoir permis d'éviter une catastrophe.

Il se sentit suffisamment fort pour accueillir Adèle dans ses bras et tout son désespoir une fois la porte de la chambre d'Axelle refermée. Ni l'un ni l'autre n'avait vu venir cet élan de proximité qui les rapprocha physiquement, mais également psychiquement. Adèle en proie à ses tourments craqua. Pour la première fois depuis longtemps, elle sentit qu'elle pouvait confier son fardeau l'espace d'un instant à une personne de confiance et se montrer vulnérable. Elle pensa que toute cette épreuve avec George Orwell n'aurait certainement pas été la même à traverser si elle avait eu la chance de rencontrer Greg avant.

À cette pensée, elle releva lentement la tête et le regarda. Il lui essuya les larmes qui continuaient à couler le long de ses joues et lui sourit, tendrement.

Il lui prit alors la main et la conduisit dans le hall de l'hôpital qui, en plus d'héberger l'accueil et les urgences, comptait une cafeteria. Après avoir commandé deux expressos, Greg s'approcha d'Adèle et l'emmena dehors.

Sur le parking de l'hôpital, qui avait des allures de cours des miracles, Greg observait Adèle l'air inquiet ; cette dernière avait le nez dans son gobelet en carton et buvait tranquillement son café à petites goulées. Greg s'alluma une cigarette sans la quitter des yeux. Adèle plongea alors ses yeux dans les siens et se sentit en confiance, comme jamais. Elle, qui avait toujours pensé que les hommes n'étaient intéressés que par leurs petites personnes et ne prêtaient attention aux femmes que dans un but charnel, se sentait mise à mal dans ses clichés. Elle se décida enfin à parler :

- Évidemment je suis désolée de m'être effondrée comme cela alors qu'en plus on se connaît à peine. Je suis désolée aussi de t'imposer ma vie. Tu as déjà suffisamment de choses à gérer.
- Et si tu arrêtais d'être désolée et de te soucier des choses que tu crois m'imposer ?
- OK, d'accord. C'est juste que j'ai l'impression que tu en sais beaucoup sur moi, et moi je sais quasiment rien de toi.
- Allez vas-y demande moi ce que tu veux savoir ! Je vois bien que tu meurs d'envie de me poser plein de questions, mais que tu n'oses pas !
- Ah ! Mais comment tu peux savoir ça ?

Puis brusquement Adèle changea de ton et reprit :

- J'ai un peu honte de moi, je suis là dehors avec toi alors que je devrais être avec ma fille à veiller …
- Mais arrête un peu de te flageller ! Tu as fait tout ce qu'il fallait, son docteur arrive d'une minute à l'autre et Aude est avec elle. Tu ne peux rien faire de plus !

Constatant que malgré ses phrases rassurantes il n'arrivait pas à déculpabiliser Adèle, Greg tenta :

- Bon allez je t'aide. Adèle, je me sens vraiment hyper bien avec toi. Je veux dire, pas comme avec mon ex-femme. J'ai pas l'impression d'avoir besoin de te prouver des choses en permanence, j'ai le sentiment que je peux être qui je suis en toute simplicité. Tu m'as posé plein de fois cette question « tu faisais quoi avant ? » et à chaque fois je te répondais sous forme de blague pour ne pas évoquer le sujet avec toi. Je crois que le moment est venu pour moi de me livrer un peu et de voir si tu veux toujours passer du temps avec moi après ce que je vais te dire.

Adèle eut soudain un peu peur de cette phrase énigmatique, elle regarda autour d'elle et fut rassurée par la présence d'autres personnes à proximité d'eux, certes mal en point, mais témoins potentiels si jamais Greg s'avérait être un dangereux criminel. Greg devait se douter de l'ambiguïté de sa phrase et se rattrapa aussi sec :

- Euh n'aie pas peur, hein ! En fait, j'ai un peu peur que tu me prennes pour un looser, c'est tout. J'ai toujours eu l'habitude de devoir tenir un rang. Je n'ai pas toujours été dans l'associatif. Avant je tenais un cabinet d'avocats avec mon ex-femme. On avait tout pour être heureux, et sur le papier nous l'étions. En public nous donnions toujours le change, nous étions jeunes, beaux, avocats, nous avions une belle maison, des superbes voitures, des superbes vacances, une super petite fille. Sauf que notre vie était infernale, toujours à 100 à l'heure. Nous nous sommes aimés à la folie, mais je crois que nous aimions surtout l'image que nous renvoyions aux autres, l'image du bonheur, qui n'existait pas vraiment. En tout cas c'est comme ça que je le vois maintenant et que j'analyse ce qui nous est arrivé. Il nous fallait toujours plus, toujours mieux, je trimais donc comme un dingue. Et je pensais que ma femme, enfin mon ex-femme aussi, on prenait toujours plus d'affaires, on les médiatisait et on ramassait. Il s'avère que j'étais le seul à me mettre la rate au court-bouillon comme cela. Lucile était si pure, si belle, je crois que je lui aurais tout pardonné, sauf la trahison. Et tu te doutes bien que c'est ce qui est arrivé.

Adèle écoutait religieusement les problèmes d'un autre, qui donnaient une forme de distance à ses propres difficultés. Elle trouvait cette histoire horrible, en dehors de la lâcheté, le comportement qu'elle détestait le plus chez ses congénères était la trahison. Elle compatissait à l'histoire de Greg, qui lui, continuait :

- Un type paumé que j'avais rencontré à la fac lorsque j'y donnais des cours à mes débuts en tant qu'avocat. En même temps, plus j'y réfléchis plus je me dis que je l'ai vu « paumé » alors qu'en fait il ne l'était certainement pas. Je crois au contraire qu'il a toujours su ce qu'il faisait, il cherchait une proie, un pigeon pour tout lui pomper au final. Et il a réussi ! À cette époque, avec Lucile on était déjà marié et Aude venait de naître. Elle et moi on avait déjà ouvert notre cabinet, mais il avait du mal à démarrer. En parallèle, moi je me rapprochais de ce type, Gabriel, et nous commencions à devenir amis. Lucile avait toujours eu la côte, mais je pensais qu'elle n'en avait pas conscience, elle donnait toujours l'impression de se foutre de ce que les autres pensaient d'elle. En vérité, j'ai appris par la suite qu'elle se tapait tous les mecs de notre entourage dès que j'avais le dos tourné. Je sais que c'est pas reluisant tout ça, mais j'étais le dernier des cocus !

Adèle écoutait ce récit sans jugement. Elle était loin de trouver Greg pathétique, au contraire, elle décelait chez lui de véritables qualités humaines.

- Bref quand j'ai fait rentrer Gabriel chez moi la première fois, j'ai su au fond de moi que je faisais rentrer le loup dans la bergerie, mais je me suis voilé la face. J'étais même heureux qu'ils s'entendent bien. Et puis comme un parasite, Gabriel s'est incrusté partout dans ma vie. Limite il était chez moi plus souvent que moi ! En même temps, il pouvait, il avait le temps lui ! Il foirait ses études de droit et ne foutait plus rien de ses journées. C'est comme ça qu'il a commencé à bosser pour nous au cabinet, en tant que pseudojuriste. Par contre à ce niveau-là, il n'y avait rien à redire, il gérait la paperasse comme personne, les clients l'adoraient, enfin surtout les clientes ! Et puis un jour je suis arrivé au tribunal, j'ai rejoint une audience en cours. Enfin c'est ce que je pensais, mais dans la salle il n'y avait que des avocats, pas de civils. Il y avait aussi des magistrats, je me souviens. Et un avocat que je ne connaissais même pas avait revisité la fable de La fontaine « Le Corbeau et le Renard » en ayant baptisé le corbeau maître Cocu et le renard – Gabriel. Tu as compris donc que le fromage était Lucile et que tout le monde se foutait de moi. Je peux te dire que quand tu te pointes dans une pièce et que tout le monde se fout de ta gueule sans savoir que tu es là, ça fait bizarre. Le plus dur, je crois, ça a été de voir leurs tronches, à tous mes confrères lorsqu'ils m'ont vu. Ils étaient gênés les cons, ils étaient gênés pour moi !

Adèle trouvait cette histoire atroce ! Cependant, Greg lui raconta la dernière scène avec un détachement et une telle ironie qu'elle ne put s'empêcher de rire nerveusement :

- Oh je suis désolée, c'est affreux ! Mon Dieu, je suis désolée, je ne voulais pas, je … - dit-elle en prise avec un début de fou rire.
- Non t'inquiète pas, j'ai l'habitude qu'on se foute de moi, dit Greg en faisant le Calimero.
- Je comprends mieux pourquoi tu as mis autant de temps à me raconter ta vie ! poursuivit Adèle en tentant un trait d'humour.

Cette fois, ils rirent tous les deux. Adèle continua :

- Tu as fait quoi du coup après cette scène au tribunal ?
- Je suis rentré chez moi. Évidemment comme ce n'était pas prévu, je suis tombé sur eux, chez moi. J'ai fait mes valises tranquillement, j'ai obtenu la garde d'Aude et la moitié de tout. J'ai continué dans un premier temps d'aller bosser au cabinet, mais tout me ramenait à cette histoire, alors j'ai dissous la société que nous avions montée ensemble. Et je suis devenu gérant de la SPA, j'ai fait comme une overdose des humains.
- Et ta femme, je veux dire ton ex-femme ? Elle a fait quelque chose pour recoller les morceaux ? Revoir sa fille ?
- Non jamais. Étrange. Je ne la connaissais pas en fait, je n'avais aucune idée de la vraie personnalité de la personne avec qui j'avais eu un enfant et créé un cabinet.
- Et comment elle le vit Aude ?
- Elle déteste sa mère, mais elle a l'air d'aller plutôt bien. Après je crois que rien ne pansera cette blessure qu'elle a au fond d'elle, je ne suis pas sûr qu'il existe des choses pires que d'être abandonné par sa mère. On verra avec le temps, on se parle beaucoup, mais c'est vrai que je pense…

Greg s'interrompit en voyant arriver un cortège impressionnant de voitures de police et de camions de pompiers. Adèle, Greg et l'intégralité des pensionnaires de l'hôpital partis se réfugier à l'extérieur le temps d'une cigarette stoppèrent leurs activités et se concentrèrent sur la scène qui se jouait devant eux. Les pompiers sortirent chacun de leur camion une victime.

La scène était étrange, car les blessés à demi allongés sur leurs brancards respectifs semblaient se disputer. Adèle se figea lorsqu'elle comprit que la femme en tenue étrange et avec des bandeaux aux mains était Angélique, l'avocate d'Axelle. Inquiète, elle se mit à hauteur du brancard :

- Angélique ? Mais que vous arrive-t-il ?

L'homme qui était sur le brancard juste derrière celui d'Angélique répondit sans même y être invité :

- Elle a qu'elle a foutu le feu à ma bagnole et qu'on était dedans ! Cette femme est une criminelle !
- Bon c'est bon, la ferme ! dit Angélique sans ménagement.

Angélique s'adressa alors à Adèle :

- C'est un peu compliqué à expliquer là maintenant. Adèle, je risque d'avoir des soucis pour prendre l'affaire d'Axelle seule.
- Quoi ? dit cette dernière, les bras soudainement très lourds.
- Ah bah ça c'est sûr, dit l'homme sur le deuxième brancard.

Hilare, il ajouta :

- Tu vas plutôt pointer au pôle emploi qu'au barreau ma grande ! En plus avec ton casier ça va pas être simple !
- Angélique ? Mais que se passe-t-il ? reprit Adèle en tentant de ne pas prêter attention aux exclamations gênantes du blessé.
- Bon, il est possible que je sois radiée du barreau, l'autre abruti derrière a raison. Par contre je vais pouvoir continuer à travailler sur votre affaire, mais je ne pourrai certainement pas la plaider.

Angélique eut l'air de prendre tout à coup conscience de la situation dans laquelle elle s'était mise et ajouta :

- Adèle, je suis désolée … Vraiment, je vais tout faire pour convaincre un avocat de plaider votre affaire, je resterai à vos côtés c'est promis.

- Promesse d'ivrogne ! ajouta l'homme blessé. Vous saviez que cette femme en plus d'être pyromane était une alcoolique et une hystérique ?

Soudain Greg intervint :

- La ferme Gabriel !

Gaby se raidit et regarda l'homme qui venait de le sommer de se taire :

- Grégory ? Mais tu connais cette folle ? demanda Gaby en pointant Angélique du doigt.

Adèle s'arrêta et dévisagea Greg dans l'attente d'une explication et demanda :

- C'est Gabriel, Gabriel ?
- Oui, c'est bien lui.

Adèle regarda le brancard d'Angélique s'éloigner vers les ascenseurs et resta sur place, sonnée. Greg se planta alors devant elle et la prit dans ses bras. Adèle lutta pour ne pas pleurer malgré la boule qu'elle avait dans la gorge et la sensation d'oppression qui avait un temps disparu et qui revenait à présent.

- Ça va aller Adèle. Axelle va s'en sortir.
- Si elle apprend qu'on n'a plus d'avocat, elle risque de s'écrouler.
- Qui te dit que tu n'as plus d'avocat ! Je le suis toujours je te signale, dit-il avec un air de défi.

Les policiers attendaient sagement dehors que les médecins aient effectivement attesté que l'état de santé des blessés était compatible avec les dépositions et interrogatoires qu'ils étaient censés faire.

Chapitre 12 – Colline

Colline n'avait recouvré ses esprits qu'une fois assise sur une banquette très confortable de la petite brasserie à laquelle ses amis l'avaient amenée. Ces derniers l'avaient laissée revenir à elle tranquillement, sans la brusquer.

Cette brasserie française proposait toute sorte de plats à base de hamburgers. Cette référence au candidat évincé les fit sourire sans toutefois rire, par respect au besoin de tranquillité de Colline.

Colline revenait peu à peu à elle et commanda un hamburger végétarien confit et des frites de patates douces. Il était déjà 14 h 30 et Colline se souvint de son rendez-vous prévu à 16 h. Se donnant un coup de fouet, Colline regarda enfin ses amis et leur sourit avec toute la gratitude qui leur était due. Elle leur dit :

- Je sais que je vous ai déjà remercié et je sais aussi que vous détestez lorsque l'on vous remercie. Mais j'ai besoin de pouvoir vous dire un certain nombre de choses.

Les trois complices, gênés par le moment d'émotion qui allait suivre eurent des mines beaucoup moins gaillardes qu'habituellement et furent tout ouïe. Colline poursuivit :

- C'est tellement facile de vivre sans se poser trop de questions. D'accepter de faire des compromis avec soi-même en pensant que le bonheur, la chance que l'on a déjà suffit ; que l'on ne peut mériter mieux. Cette lâcheté qui consiste à se nier en tant qu'être humain unique avec des besoins propres qui ne répondent pas à une énumération matérielle de ce que l'on possède ou un inventaire objectif et rationnel de ce qui nous résume ; sert parfois de garde-fou pour nous empêcher de sombrer dans une sorte de sinistrose. Mais cette tendance nous empêche bien souvent d'oser dire ce que l'on pense réellement, ce que l'on sait qui est bon ou non pour nous. Quand je vous regarde et que je vous vois agir dans mon intérêt, et uniquement dans mon intérêt, je me dis que j'ai très mal choisi mon mari, mais que le choix de mes amis supplante largement cet égarement. Alors je ne vous dis pas merci, je vous dis tout simplement que, sans vous, mon existence se résumerait à porter des œillères et à me fourvoyer dans mes choix de vie. Sans vous, je n'aurais pas trouvé le début de la voie vers ce que je pressens être ma vie.

Colline ne parlait jamais autant. En tout cas, pas autant d'un coup et encore moins de manière aussi profonde, jamais. Elle ressentait souvent les choses, mais les exprimait rarement ou alors avec beaucoup plus de pudeur. Ce qui s'était passé avec Guy avait été un déclic pour elle. Il était temps de parler avec son cœur et de décider qui avait sa place dans sa vie et qui n'en avait pas. Et ceux qui avaient une place dans sa vie méritaient au moins qu'on leur signifie.

La fin de la déclaration d'amitié de Colline fut suivie de l'arrivée de leurs commandes : la salade césar de Louise façon burger, le burger de saumon de Ghislain et le tout viande de Giovanni. Leurs commanditaires eurent besoin de digérer ce qu'ils venaient d'entendre avant de faire honneur à leurs plats. Émus, les trois amis se levèrent pour prendre Colline dans leurs bras et ne dirent rien.

Eh oui, c'est comme cela, parfois il faut parler et parfois il faut se taire, car aucun mot ne pourrait égaler ce que l'on ressent et viendrait au contraire ternir la puissance des messages qui passent par les yeux, se dit Colline.

Ils déjeunèrent sans parler de l'épisode « Guy », par contre, une fois leur émotion passée, ils débriefèrent de l'émission et chacun donna son avis. Tous étaient déçus des coulisses étranges et superficielles de leur émission pourtant fétiche. Colline en rajouta une couche en leur parlant des contrats auxquels faisaient référence les autres candidats en mentionnant l'argent qu'ils touchaient en acceptant d'être éliminés et ajouta :

- D'ailleurs, vous savez quoi ? Je crois que tout est écrit d'avance.
- C'est-à-dire ? Tu sais qui va gagner ? demandèrent Louise et Giovanni en cœur.
- C'est toi ? C'est écrit sur ton contrat ? demanda Ghislain.
- Eh bien, à vrai dire, je crois que depuis le début, il est prévu que Nadine et moi soyons en finale. Je n'ai pas encore vu mon contrat donc je ne peux pas encore vous dire si tout cela tient la route, mais …
- Comment ça tu n'as pas encore vu ton contrat ? Et les autres candidats eux, l'avaient tous ? demanda Louise interloquée.
- Bien oui, je crois qu'ils l'ont tous eu, répondit Colline.
- Colline, exige-le avant de reprendre le tournage, OK ?
- Euh, oui d'accord, je le ferai. Tu es inquiète ?
- Je suis prudente, plutôt. Allez, parle-nous un peu de ton idée de pièce montée ! Ça avait l'air hyper bon …., reprit Louise.
- C'est clair, renchérit Giovanni.
- Dommage qu'on ait eu le droit de goûter que les défis des perdants ! Par définition, ce n'était certainement pas les meilleurs.

Pendant que Louise, Ghislain et Giovanni partageaient leurs impressions sur les créations des candidats, y allant de leurs commentaires ; Colline se rappela que Guy avait mentionné des textos de Germain. Prise d'un doute, elle chercha son téléphone et découvrit effectivement des messages que ce dernier avait envoyés durant le tournage :

10H01 – Germain : Bonjour Colline, je voulais te souhaiter bonne chance pour aujourd'hui.

11 h 17 - Germain : Les gens du café m'ont proposé de les accompagner, mais je ne pouvais pas, j'avais des livraisons. Sinon je serai venu pour te soutenir.

13H05 – Germain : J'ai réceptionné mes livraisons, j'aimerais bien venir te voir faire l'émission. Je ne veux pas te déranger par contre.

Colline retrouva un peu de force et jugea qu'elle se sentirait encore un peu plus épaulée en présence de Germain et elle composa alors un message simple et rapide : « Tu ne me déranges pas, au contraire ! On t'attend ! Appelle Louise lorsque tu es là ».

Colline se sentit un peu plus légère et eut soudain hâte que Germain arrive. Louise voyant l'heure tourner rappela Colline à l'ordre sur ses obligations :

- Dis donc, Madame, je crois que vous avez un rendez-vous à 16 h si je ne m'abuse !

Colline regarda l'heure à son tour et sentit un pic de stress la gagner, elle prit donc son sac à main et son téléphone portable puis se leva en disant à ses amis :

- Buvez un café à ma santé ! À tout à l'heure !
- T'es la meilleure Colline, cria Giovanni avec fougue.
- On est avec toi ! dit Ghislain.
- Oublie pas ton contrat ! s'enquit Louise.

Colline fila en direction du studio télé et se mit à la recherche du régisseur. Par chance elle n'eut pas à le chercher longtemps, ce dernier étant en train d'organiser la scénographie du dernier défi et donnait des ordres aux techniciens qui l'entouraient. La voyant arrivée, il s'alarma :

- Bah, ma chérie, que fais-tu ici ? Tu n'es pas en cabine en train de te faire masser ?

- Si, justement, je cherche la cabine.
- Trois portes à gauche après ta loge.
- OK, merci beaucoup et je voulais savoir si je pouvais avoir mon contrat parce que j'ai l'impression que tous les autres l'ont, sauf moi et …
- Oui oui bien sûr, Pedro va te le donner.

Puis en direction du fameux Pedro, le régisseur siffla et une fois son attention captée, continua :

- Pedro ! Tu donnes son contrat à …

Voyant que le régisseur cherchait son prénom, Colline intervint :

- Colline.
- Oui, c'est ça, à COLLINE, elle part se faire masser, OK ?

Puis s'adressant à nouveau à Colline, il demanda :

- Qui t'a maquillée tout à l'heure déjà ?
- Chloé, je crois.

Le régisseur hurla à nouveau dans son microcasque en sifflant :

- Chloé !!

Chloé arriva en courant depuis le couloir. En la voyant arriver, le régisseur lui dit :

- Tu remets une sacrée couche OK ?

En disant ces mots, il mima l'étalement du fond de teint à appliquer sur Colline. Puis il reprit à l'attention de Colline :

- Bah qu'est-ce que tu fais encore là ma chérie ? Allez file, tu vas nous mettre en retard.

Chapitre 13 – À l'hôpital

Les Docteurs Gutenberg arrivèrent à l'hôpital et se dirigèrent directement vers la chambre d'Axelle. Rien de plus facile pour eux, ils connaissaient l'endroit comme leur poche et Adèle avait pris soin de donner le numéro de chambre de sa fille avant de raccrocher.

Lorsqu'ils arrivèrent, une autre jeune fille était assise à côté du lit et faisait écouter de la musique à Axelle qui s'était réveillée.

Voyant deux hommes arriver précipitamment dans la chambre de son amie, Aude se leva en sursautant et demanda :

- Oui ? Qui êtes-vous ? Je peux vous aider ?

Axelle intervint aussitôt :

- T'inquiète pas Aude, c'est mon médecin.

Le psychologue compléta :

- Et voici un confrère, médecin également, il s'appelle Gauthier.

Après les quelques formalités d'usage permettant à tous de se présenter rapidement, le Docteur d'Axelle s'avança vers elle et lui dit :

- Écoute, ta mère m'a appelé pour que je vienne. Elle m'a expliqué ce qu'il s'est passé. Je n'ai pas vu le médecin qui s'occupe de toi ici, mais j'irai lui parler juste après. Je veux juste savoir comment tu te sens, si tu préfères rester ici ou rentrer chez toi.

Gauthier dit en direction d'Aude :

- Je crois que nous devrions les laisser discuter, allons attendre dehors, il y a un petit sas juste à côté.

Aude acquiesça et fit un geste de la main en direction d'Axelle, puis elle sortit de la chambre avec le fameux Gauthier pour rejoindre cet endroit qui consistait plus en un couloir élargi qu'en un salon, mais qui, malgré son équipement spartiate, présentait l'avantage de proposer quelques banquettes pour s'asseoir et une télévision allumée sur une émission connue. Ce couloir séparait deux unités : médecine interne et psychiatrie. Quelques instants après, Adèle et Greg passèrent devant eux et allaient se diriger vers la chambre lorsqu'Adèle comprit que le docteur Gutenberg devait être avec sa fille, son mari étant assis avec Aude à l'extérieur. Ils se saluèrent, se présentèrent pour ceux qui ne se connaissaient pas encore et Gauthier confirma à Adèle que le Docteur Gutenberg était bien avec Axelle.

Adèle et Greg avaient pris soin de ramener des boissons fraîches et ne sachant pas ce que Aude souhaitait, en avaient pris plusieurs. Ils proposèrent alors leurs victuailles à cette dernière ainsi qu'à Gauthier. Partagés entre l'envie de discuter, mais l'impossibilité de trouver un sujet de conversation léger au regard de la situation, ils firent le choix de porter leurs attentions sur la télévision et commencèrent à commenter l'émission qui était diffusée. Adèle reconnaissant l'émission à laquelle Colline devait participer et en la voyant à l'écran intervint :

- Je connais cette dame, elle tient le café à côté de chez vous, dit-elle en s'adressant au Docteur Gutenberg.
- Ah oui, je la reconnais, je n'ai pas encore eu l'occasion d'y aller. J'ai emménagé il y a peu de temps.
- Elle fait des supers trucs ! enchaîna Adèle.

En voyant la scène qui se déroulait à l'écran, Le Chef Pastori qui faisait la cour à Colline tout en parlant un français approximatif, ils furent d'abord surpris, puis explosèrent de rire :

- Eh bien, je ne savais pas que ça se déroulait comme ça, c'est un peu mis en scène tout ça non ? dit Greg.
- Oui et pas qu'un peu, commença le Docteur Gutenberg, j'ai bien connu ce milieu, pendant un temps j'ai fréquenté pas mal de

monde qui y bossait et je peux vous dire que les gens qui acceptent de participer à ces émissions ont intérêt à bien lire leurs contrats !

- Ah bon, demanda Aude intriguée, pourquoi ?
- La plupart du temps, tout est décidé d'avance, les candidats ont juste à négocier ce qu'ils souhaitent toucher en pactole pour garder le silence sur un des secrets les moins bien gardés de la télé ! continua Gauthier.
- Tout est joué d'avance ? Tout ? insista Aude.
- Bon j'avoue, pas absolument tout. Ils laissent un faible pouvoir de décision au public.

Adèle déçue d'être confrontée à un autre exemple typique des méandres qu'elle détestait chez les êtres humains, se demanda si Colline savait bien tout ce qu'elle venait d'entendre et la voyant à l'écran, si sensible, si innocente en comparaison avec les autres candidats qui ressemblaient plus à des acteurs qu'à de vraies gens.

- C'est écœurant, dit Adèle.
- Oui, c'est vrai. Il n'y a pas que cela qui est mis en scène d'ailleurs. Tout est faux, quasiment. Regardez le Chef Pastori par exemple, il parle un français impeccable en réalité, poursuivit Gauthier.

Les trois autres furent stupéfaits de cette information et écarquillèrent les yeux, et Gauthier continua :

- Et le présentateur et lui, on croit comme ça à les regarder qu'ils s'adorent, alors qu'ils se vouent une guerre sans merci dans les coulisses !
- Non ?! s'exclama Aude, totalement surprise qu'un monde aussi hypocrite puisse exister.
- C'est pas vrai, dit Adèle en tournant la tête de droite à gauche, tellement dégoutée par ce qu'elle trouvait finalement tellement évident.
- Et c'est rien comparé aux deux autres Chefs là, Lemon et Cello, deux vrais salopards ceux-là ; impossible de savoir sur quel pied danser avec eux ; un jour ils ont pactisé, un autre jour ils se détestent et passent leur temps à foutre le bordel en coulisse en montant les équipes techniques les unes contre les autres.

Pendant que l'émission se déroulait et que le petit groupe continuait à regarder la scène durant laquelle les candidats se lançaient leurs plats à la figure, Sarah passa devant eux. Inconnue de tous, personne ne la remarqua, malgré sa tête de furie.

Elle entra dans la chambre de Gabriel et laissa la porte ouverte. Bientôt des cris se firent entendre en provenance de la chambre et Sarah réapparut dans le couloir en courant, Gabriel à ses trousses. Passant devant le petit groupe assis devant la télé, Gabriel hurlait à l'attention de Sarah :

- Reviens ici sale fouine, t'as intérêt à fermer ta gueule je te jure.

Puis voyant Greg sur son passage, il se tut et détourna la tête de sa cible, si bien qu'il ne vit pas les trois policiers qui lui faisaient barrage et les heurta de plein fouet avant de retomber en arrière sur les fesses.

Le petit groupe avait dévié son attention, partagé entre son envie de savoir comment l'émission allait se poursuivre et quel serait le défi de la finale entre Nadine et Colline, ainsi que son souhait de savoir ce qui pouvait bien se tramer dans cet hôpital.

Adèle ne semblait pas avoir reconnu Gabriel qu'elle n'avait vu qu'une heure auparavant pour la première fois couvert d'une couverture de survie. Le visage déformé par la haine qu'il arborait à présent transformait considérablement ses traits.

Deux des trois policiers relevèrent Gabriel pendant que le troisième déclinait son identité en lui demandant de la confirmer :

- Oui ,c'est bien moi, répondit Gabriel soudain inquiet.
- Vous êtes en état d'arrestation et placé en détention provisoire pour exercice illégal du métier d'avocat, vous avez droit de garder le silence …

Greg s'était levé et rapproché pour écouter un peu mieux. Aude ayant reconnu le responsable de la séparation de ses parents s'était également levée et semblait en proie à une lutte interne qui consistait à laisser la justice faire son travail ou à aller directement se faire justice elle-même.

Alerté par le bruit émanant du couloir le Docteur Gutenberg sortit de la chambre d'Axelle, Gauthier alla alors expliquer à son mari ce qu'il semblait avoir déduit de la scène.

Pendant ce temps, le présentateur de l'émission annonçait que le dernier défi se ferait les yeux bandés et aurait pour thème « amour éternel et passion », laissant les deux candidates dans des états différents, mais non indifférents ; Nadine était confiante et Colline un peu affolée.

Greg cherchait des yeux la dame qui semblait être à l'origine de cette scène et s'approcha d'elle, suivi par Adèle.

- C'est vous qui avez prévenu la police ? Vous étiez au courant qu'il n'avait pas le concours d'avocat ? demanda Greg à Sarah.
- Oui, j'ai pour habitude de toujours enquêter un minimum sur les hommes que je fréquente. Il m'a suffi d'un coup de fil à droite à d'un mail à gauche pour avoir la confirmation de ce que ce mec cachait ! Mais vous le connaissez ? Au fait, je m'appelle Sarah.
- Et moi Greg, et voici Adèle, dit Greg en mettant ses mains sur les épaules d'Adèle. Oui je le connais et je dois dire qu'il est fidèle à l'image que j'avais gardée de lui. Par contre je ne savais pas qu'il exerçait en tant qu'avocat, à l'époque il avait abandonné le droit en première année. Je n'aurais jamais imaginé qu'il ait assez de culot pour faire ça !
- Première année, oui c'est à peu près son niveau, mais personne ne l'a jamais remis en question, il avait toujours un sbire pour faire le boulot à sa place, pendant que lui se tapait à peu près tout ce qui portait une jupe.

Ils continuèrent d'échanger sur le sujet Gabriel et en arrivèrent de fil en aiguille à parler d'Angélique en s'apercevant qu'ils la connaissaient tous. Adèle manifestant son inquiétude au sujet de l'avenir d'Angélique fut rassurée par Sarah :

- Je ne me fais pas vraiment de souci pour elle. Je suis sûre qu'elle a pensé à tout pour se sortir de là. Dans le métier, on l'appelle Catwoman. D'abord parce qu'elle sort les griffes à la moindre contrariété, mais aussi parce qu'elle retombe toujours sur ses pattes.

Le Docteur Gutenberg s'approcha d'Adèle et demanda à lui parler en privé :

- Vous savez, je pense que ça va bien se passer pour Axelle, elle a besoin de rentrer chez elle et surtout elle réclame les chats. Elle a une sorte de besoin viscéral de s'en occuper, il faut absolument lui permettre cela, c'est plus que thérapeutique pour elle. C'est vital.
- Pas de problème, au contraire, je la laisse y aller autant qu'elle veut à la SPA.
- Oui oui, mais j'avoue que je pensais à autre chose. Il faudrait faire en sorte qu'elle puisse trouver un projet à elle, un projet qui n'existe pas encore, mais qui vienne d'elle, vous voyez ?
- Oui, je vois bien, je crois. Je pense que ça peut s'envisager, dit Adèle songeuse.
- D'autant qu'elle semble avoir eu un déclic pendant sa perte de conscience. Je la laisse vous en parler, mais son projet vaut le détour. Il n'est d'ailleurs pas incompatible avec votre idée d'association.

Adèle et le Docteur Gutenberg, interpellés par les bruits de la télé, cette fois, se mirent à la regarder, laissant de côté pour un petit moment leur discussion au sujet d'Axelle. Le présentateur était sur le point d'appeler le public à voter pour la candidate qui méritait de gagner.

Angélique, qui avait été amenée au même titre que Suzanne et Gaby en médecine interne, passa discrètement la tête par sa porte, pensant que le calme était enfin revenu et mit du temps avant d'analyser la scène qui se déroulait devant ses yeux.

Tout d'abord Gaby, entravé par la police prenait un autre chemin que celui de sa chambre, ensuite Sarah parlait avec un homme qu'Angélique n'avait jamais vu. Visiblement ils parlaient de Gaby ensemble, car ils le montraient du doigt tout en le regardant.

Adèle parlait avec le Docteur Gutenberg devant la télé qui diffusait une émission dans laquelle Colline, la tenancière du café semblait jouer un rôle. Elle se souvint alors de la participation de Colline à « Premier en cuisine ». La télé était regardée par une jeune fille et le médecin qui avait ouvert sa portière sur elle. Elle pensa alors à Gustave et se dit qu'il ne manquait plus que lui à cette étrange réunion de famille qui se déroulait dans un hôpital. Et puis d'un seul coup, tout ce petit monde sortit son téléphone portable et se mit à pianoter frénétiquement sur son écran, pendant que la télé diffusait des images de présentation de deux finalistes. Angélique reconnut alors le café de Colline et vit diverses scènes du vendredi précédent, auxquelles elle avait parfois elle-même participé.

Angélique trouva cette scène tellement surréaliste qu'elle se demanda si elle ne devait refermer sa porte, attendre un peu et la rouvrir pour voir si tout cela n'était pas une hallucination.

Profitant du fait que la police semblait avoir quitté les lieux, elle rejoignit le petit groupe.

Chapitre 14 – Colline

Colline sentait qu'elle redevenait rouge et que sa transpiration commençait à la trahir. Un regard dans le public lui permit de faire redescendre légèrement la pression qu'elle ressentait depuis que le présentateur avait lancé le chronomètre des votes du public et des téléspectateurs. Elle vit que Germain avait rejoint Louise, Ghislain et Giovanni. Elle croisa alors le regard de Germain et ressentit un apaisement, profond, une forme de certitude sur un avenir fait de promesses de sérénité.

Le Chef Pastori, depuis la reprise de l'émission, rejouait son petit jeu de séduction avec Colline, alors qu'en dehors du tournage, il l'ignorait complètement. Colline se dit qu'elle n'avait vraiment aucune envie d'appartenir à ce milieu, se jugeant anormale au lieu de le juger déviant.

Elle se concentra alors sur son corps et tenta de se relaxer, en attendant le verdict. Allait-elle oui ou non gagner cette coquette somme d'argent qui devrait lui servir à redynamiser son café, avec l'aide du Chef Pastori ? Se concentrer sur sa respiration lui fit le plus grand bien et lui permit de se retrouver une heure auparavant, quand elle eut droit à son massage, quel délice ce fut pour elle.

Elle regarda à nouveau le public et croisa cette fois le regard de Louise ; Colline pensa immédiatement à son contrat. Pablo, le technicien le lui avait effectivement apporté pendant son massage, mais elle n'avait toujours pas eu le temps de le lire ni de le signer. Sans faute, elle se promit que ce serait la première chose qu'elle ferait une fois tout ce cirque fini.

Colline commençait à regretter cette aventure, cela valait-il le coup ? Si elle gagnait bien sûr, mais si elle perdait ? Elle sentait que si elle perdait, elle ressentirait une honte immense, celle des imposteurs démasqués. Serait-elle capable d'affronter ensuite les regards de ses clients, elle y décèlerait de la déception sans aucun doute, voire même de la moquerie chez certains.

Le présentateur demanda un instant de silence et annonça que les votes étaient clôturés :

- Et bien chers amis, nous y sommes. L'heure est maintenant venue de connaître le nom de notre gagnante, car cette finale est essentiellement féminine, de notre édition spéciale de « Premier en cuisine », consacrée aux talents qui s'ignorent et qui ont été « dénoncés » par leurs amis.

Un homme en costume arriva sur le plateau, une enveloppe à la main et la donna au présentateur, qui poursuivit en la tendant au Chef Pastori :

- Je pense qu'il est de bon ton de vous laisser annoncer la nouvelle Chef Pastori.

Le Chef se mordit les doigts en déclarant :

- Porqué tou mé fouai ça ? Yé né vé pa, non yé né vé pa. Fouai le toi ! ou lé doué autre.

Le Chef Pastori prit l'enveloppe et la plaqua dans les mains du Chef Lemon, qui à son tour surjoua le stress et l'angoisse et la confia au Chef Cello.

Le présentateur qui feignit d'être épuisé par ce jeu y mit fin, au grand dam du public qui en redemandait et au grand soulagement des deux finalistes.

- Bon mes amis, cessons de jouer avec les nerfs de ces deux malheureuses, dit le présentateur à l'attention du public tout en ouvrant l'enveloppe, la grande gagnante de notre édition spéciale est ….

Nadine et Colline gardaient un sourire de façade, mais l'on sentait à leurs regards pleins de détresse ce que pouvait représenter cette enveloppe.

Un roulement de tambour se fit alors entendre et le présentateur hurla enfin :

- COLLINE !

Colline sentit son âme s'échapper de son corps, du moins, la sensation qu'elle eût lui donna cette impression. Elle se liquéfiait ou elle s'évaporait, elle ne savait pas encore. Tout autour d'elle ce fut un déferlement de liesse, le public se leva, ses amis coururent vers elle, tandis que le Chef Pastori se mit à genoux devant Colline semblant lui faire une déclaration d'amour ; quant à Nadine, elle se rapprocha instinctivement des Chefs Lemon et Cello pour leur donner son avis sur cette attribution injuste liée selon elle à l'amour que le Chef Pastori vouait à Colline. Le présentateur, quant à lui, recevait confetti sur confetti tout en rappelant ce que Colline avait gagné :

- Notre charmante Colline remporte donc l'émission spéciale talents qui s'ignorent ! Elle va pouvoir remercier ses amis qui l'ont inscrite ! Voilà qui est fait, on dirait, constate-t-il en voyant Colline serrer ses amis dans ses bras.

Puis il reprit toujours à l'attention des caméras :

- Notre Chère Colline va pouvoir redynamiser son petit café avec la somme de 50 000 euros et l'aide précieuse du Chef Pastori qui va l'assister durant toute une semaine !

Enfin, le présentateur s'approcha de Colline et lui demanda :

- Alors Colline, vous êtes heureuse ?
- Oui, très heureuse.
- Toujours aussi bavarde, Colline, hein ?
- Oui, je suis intimidée, tout cela est trop ! Je veux dire j'ai une chance folle, je remercie mes amis qui m'ont inscrite et …
- Eh bien tâchez d'en profiter Colline, et ne faites pas trop de peine au Chef Pastori, car vous allez avoir la chance de travailler ensemble, alors ce serait dommage de lui briser le cœur tout de suite, dit le présentateur avec un clin d'œil appuyé.

Il poursuivit :

- De toute façon, on se revoit bientôt Colline, nous viendrons chez vous ! Eh oui les amis, vous avez choisi Colline, nous allons donc tourner une émission spéciale sur le travail du Chef Pastori avec Colline.

Colline sortit du champ de la caméra juste à temps pour que les téléspectateurs ne puissent apercevoir la surprise qui se lisait sur son visage à cette annonce ; tandis que le présentateur annonçait la prochaine émission :

- Demain, comme d'habitude à 18 h 30 et lundi prochain, je vous donne rendez-vous pour votre prochaine édition spéciale de « Premier en cuisine », cette fois-ci consacrée aux grands-mères ! Vous adorez votre mamie et en plus elle cuisine extrêmement bien ? Inscrivez-là et présentez-là nous en tournant des petites vidéos !
  Allez à demain les amis !
  Prenez soin de vous !

Alors que ses amis la couvraient d'accolades, Germain s'approcha d'elle la félicita timidement. Colline les remercia tous et dit :

- Vraiment tout cela, je vous le dois ! Vous vous souvenez de ce que je vous ai promis ? Plat du jour offert tous les lundis, à vie !
- Tu as déjà des idées pour ton développement ? demanda Giovanni.
- J'ai l'impression d'en avoir des tonnes, mais aucune ne me semble réalisable…
- Ce sera le rôle du Chef Pastori de t'aider à développer tout ça, ajouta Ghislain en cherchant en vain le Chef des yeux.
- Tu as ton contrat ? demanda Louise entêtée.
- Oui oui j'y vais ! Je vais le chercher il est dans ma loge ! Je reviens !

En chemin, elle croisa le régisseur qui lui indiqua attendre son contrat signé de sa part :

- Je vais le chercher justement, suivez-moi, je signe un des deux exemplaires et je vous le donne.

Arrivée dans sa loge, Colline sentit tout de suite que quelque chose clochait, quelqu'un était venu dans sa loge et avait bougé ses affaires, y oubliant un objet qui ne lui appartenait pas. Pressée de se débarrasser du régisseur, elle signa un exemplaire du contrat sans le lire et le lui tendit.

- Merci, ma chérie, bon pour les formalités, quelqu'un t'appelle demain pour te dire quand vient le chef, etc.
- OK, merci beaucoup.

Le régisseur était déjà parti, hurlant dans son micro-oreillette que le Chef Lemon détestait les roses et demandait qui était le responsable de la présence de ces fleurs dans la loge « du malheureux ».

Colline ferma la porte à clé et se précipita sur l'enveloppe fermée, posée sur son bureau. La lettre qu'elle contenait était de Guy.

Colline,
Quand je vois le scandale que tu crées en participant à cette émission, je suis heureux de me dire que je suis déjà parti. Te rends-tu compte de la honte dont tu m'affliges en te comportant de la sorte ?
Déjà que tu veux te faire de l'argent sur mon dos, et voilà à présent que tu me trompes à tout va avec le premier venu et en public. D'abord avec le fleuriste devant tes amis du café.
Ensuite avec l'autre guignol de cuistot devant la France entière.
Enfin soi-disant amis du café, car tu le verras, ils te trahiront. Tu es trop gentille, le sais-tu ? Les gens ne te fréquentent que pour ton argent et pour profiter de toi. D'ailleurs c'est révélateur qu'ils t'aient inscrite à l'émission, ils veulent tirer profit de ta victoire, enfin si tu gagnes, car c'est loin d'être certain tu es largement plus laide que l'autre candidate, les gens n'aiment pas les laids, ils ne voteront pas pour toi. Enfin ce n'est que mon avis.
La vie est devenue trop dure à tes côtés. De toute façon, tu m'as tellement brisé que même sans toi c'est trop dur. Tu m'as tout pris et ne m'as rien donné. Je vais mourir Colline et ce sera de ta faute. Tu peux toujours appeler les secours et me retrouver si tu veux me sauver. Je suis dans ma voiture, là où nous nous sommes rencontrés.

Ton mari, le cocu

Colline comprit que toute sa vie pouvait changer, sans même qu'elle n'ait rien à faire. En proie avec les vertus que sa conscience ne cessait de lui rappelait et son besoin vital de liberté, Colline cherchait désespérément la réponse à sa question et se jeta sur son éphéméride, qu'elle avait emportée avec elle comme un porte-bonheur, en quête de la solution. Ce dernier affichait :

Ne crois pas que ta vérité puisse être trouvée par quelque autre.
André Gide, auteur français

Désespérée, Colline tourna la page se persuadant que la réponse se trouverait dans la prochaine citation, mais :

C'est dans les moments de décision que notre destin prend forme.
Anthony Robbins, coach de vie américain

Colline replia alors lentement la lettre et la remit dans l'enveloppe. Elle rangea le tout soigneusement dans son sac à main, prit son contrat et partit rejoindre ses amis.

Chapitre 15 – « Chez Colline »

Malgré la fatigue évidente, Colline avait refusé de fermer son refuge le lendemain, elle avait trop besoin d'authenticité et de partages après cette journée passée dans les méandres de la superficialité. Après tout, peut-être qu'il ne s'agissait pas de savoir qui avait tort ou raison dans sa manière de vivre. Chacun trouvait midi à sa porte et c'était comme cela que le monde fonctionnait.

En tout cas, son truc à elle ce n'était pas la télé, elle en était sûre !

Pour une fois, Colline n'avait pas préparé de plat du jour, mais personne ne lui en tint rigueur. Tous étaient au contraire occupés à revivre la soirée de la veille et à prendre des selfies avec Colline.

Honorant son engagement, Louise avait étudié le contrat de Colline et vint lui en parler en l'entraînant derrière le comptoir :

- Bon je ne t'apprends rien, mais effectivement tout est écrit et tout doit rester confidentiel ! Tu ne dois même pas m'en parler ni encore moins me faire lire ton contrat, dit Louise avec un clin d'œil.
- C'est raté, déclara Colline.
- Il était indiqué que Nadine et toi alliez aller en finale, mais il n'était pas spécifié laquelle des deux allaient gagner. Il est précisé « la désignation de la gagnante se fera au nombre de votes obtenus via les réseaux sociaux, appels téléphoniques, SMS et le public

présents », alors tu peux te dire que tu n'as pas volé ta victoire, ma belle ! Par contre, je suis désolée, mais je dois te dire une vérité pas facile à entendre ...

- Quoi ? Qu'est-ce qu'il y a ? Vas-y, je t'écoute ! demande Colline inquiète.
- Alors, tu es prête, je lis : « La production souhaite que le coup de foudre ayant frappé le Chef Pastori soit médiatisé. Ainsi, que Colline gagne ou non le jeu, elle devra se plier à cette médiatisation durant trois semaines à compter du jour de l'émission. La fin de leur relation sera annoncée par voie de presse par la Production elle-même... blabla ... » Bref, j'ai le regret de t'annoncer qu'il ne t'aime pas pour de vrai !

Abasourdie par l'incongruité de cette clause au contrat, Colline resta tout d'abord bouche bée avant d'éclater de rire avec Louise. Elles se remémorèrent alors les scènes de déclarations d'amour du Chef.

Loin d'imaginer que d'autres évènements tout autant incroyables s'étaient produits la veille, nos deux amies découvrirent avec stupéfaction des images de la télé locale concernant un incendie criminel. À l'écran apparaissaient des images de l'évènement, la voix off de la présentatrice relatait quant à elle les faits :

« C'est ici, dans le parking sous-terrain de l'immeuble LA FIRME qu'un incendie éclata hier soir aux alentours de 19h, comme vous le voyez à l'écran cet incendie criminel causa plusieurs victimes qui ont toutes été transférées à l'hôpital. Le plus surprenant c'est que la personne présumée coupable de ce crime figurait parmi les blessés. Je vous laisse découvrir à l'image les aveux de la propre bouche du présumé coupable ».

Le brouhaha dans le café s'était tu pour écouter religieusement l'homme à l'écran qui avouait face à un journaliste de la chaîne :

Le présumé coupable : Je ne sais pas ce qui m'a pris, je crois que je n'ai plus été moi-même pendant un moment.

Le journaliste : Quand même, c'est étrange de mettre le feu à sa propre voiture, Monsieur, vous ne trouvez pas ?

Le présumé coupable : Si, si, évidemment. Je pense que j'ai dû faire une crise de démence. Je suis vraiment à bout en ce moment, j'ai j'ai …craqué !

Le présumé coupable se mit à pleurer, tandis qu'un homme plus âgé arrivait à son secours.

Le journaliste : Vous êtes l'avocat principal de LA FIRME, c'est bien cela ?

L'homme plus âgé : Oui, tout à fait, je suis le patron de Gabriel. Je veux dire qu'ici nous avons tous été surpris d'apprendre son acte de démence, car nous ne le connaissons pas sous cet angle.

Gabriel se mit à pleurer de plus belle.

Le journaliste : Il dit être à bout, pensez-vous que cela soit lié à son travail ?

L'homme le plus âgé : Je ne pense pas vous savez, Gabriel avait peu de travail finalement, il avait toute une équipe autour de lui pour l'épauler, non je pense qu'il s'agit plus d'une crise de milieu de vie, n'est-ce pas Gabriel ?

Gaby, le regard vide, hochait la tête en signe d'acquiescement.

Le journaliste : Comment voyez-vous les choses à présent ?

L'homme le plus âgé : Vous savez, je pense que Gabriel va devoir se reposer un long moment. Heureusement pour lui les victimes ne porteront pas plainte. Il s'agira pour Gabriel de réfléchir à ses actes et de se demander s'il continue ou non dans cette voie. En tout cas, il sera plus sage de changer de métier, qui voudrait d'un avocat qui a des crises de démence, n'est-ce pas ?

Gabriel, prit au piège, regardait à présent le sol l'air absent

Le journaliste : Nous lui souhaitons un bon repos en tout cas, il a l'air d'avoir de gros soucis à gérer.

La présentatrice récupéra l'antenne à la fin de reportage et annonça une autre nouvelle diffusant des images de ce qu'elle décrivait :

« Encore un fait divers qui, cette fois, fait une victime malheureuse. En effet, ce matin un groupe de randonneur qui empruntait l'Orée de la forêt, une balade connue pour sa réputation – en effet, cette balade est comme une promesse de longévité de tous les nouveaux couples et un rituel obligé de tous les amoureux de la région - est tombé sur un corps sans vie dans une voiture. Selon toute vraisemblance, il s'agirait d'un suicide, les équipes de police sur place poursuivent cependant leur enquête notamment pour identifier la victime.

À présent et sans transition, un peu de gaité de ce monde !

Je vous propose de nous réjouir de la victoire de Colline, une charmante tenancière de bar-brasserie, située quelques rues plus bas que notre studio à l'émission « Premier en cuisine », promis nos équipes iront bientôt sur place pour faire un reportage ! ».

À ce moment il aurait été impossible d'entendre le reste du journal télévisé, tant la liesse s'était emparée à nouveau du café ! Tous scandaient des slogans à destination de Colline et se relayaient pour lui faire l'accolade.

Colline, quant à elle avait reconnu la voiture de Guy et songea que même si parfois l'ironie des choses était parfois insaisissable pour certaines personnes, pour d'autres les transitions existaient bel et bien.

Une autre paire de manches l'attendait, il allait lui falloir feindre la surprise lorsque la Police l'appellerait pour lui annoncer le décès de son mari. Puis ses yeux se posèrent sur Germain. Il avait fermé sa boutique pour lui filer un coup de main alors qu'elle ne lui avait rien demandé. Il gérait les commandes et installait les clients. Il gérait les attentes pour les selfies et les autographes. Sentant le regard de Colline sur lui, ce dernier se retourna et lui adressa un sourire. Alors Colline se sentit prête pour sa transition, elle en avait la force et l'envie.

Chapitre 16 – Chez Angélique

En ayant rejoint le petit groupe la veille dans le sas, Adèle et Greg lui avaient brièvement expliqué la situation concernant Gabriel, ce qui avait amené Greg à se présenter en tant que confrère. Les nouveaux amis avaient convenu de se réunir dès le lendemain après-midi afin de prendre leurs problèmes à bras le corps.

Angélique avait eu droit de quitter l'hôpital le lendemain matin, avec pour seule obligation de faire passer une infirmière tous les deux jours afin de refaire ses pansements. Ses brûlures s'étaient finalement révélées être plus superficielles que prévu et ne nécessitaient pas de chirugie.

Pour l'heure, Angélique venait de finir une conversation téléphonique avec Gérard et fit le compte rendu de leur échange à la fine équipe, qui en ce lundi après-midi avait déjà commencé l'apéritif :

- Vous n'allez pas me croire !

Adèle ne tenant plus demanda inquiète :

- Quoi ? Qu'y a-t-il de nouveau encore ?
- Gérard, mon ancien boss vient de m'annoncer qu'il avait conclu un pacte avec Gaby.

Sarah eut un air d'émoticône interloqué :

- Je crains le pire !
- Gérard a négocié avec Gabriel le fait qu'il ne porte pas plainte pour l'incendie, il a mis en balance qu'il ne porterait pas plainte contre

lui pour abus de confiance : il n'était pas au courant que Gaby n'était pas avocat ! Tu te rends compte ? En plus, il avait poussé le vice en faisant des faux diplômes !

- Et cet accord, ça a marché ? demanda Adèle.
- Gabriel risquait plus à ne pas conclure cet accord qu'à poursuivre Angélique et Sarah, c'est certain, déclara Greg sûr de lui.
- Eh bien dis donc, il est finalement moins macho qu'on ne l'imaginait notre Gérard, dit Sarah à l'attention d'Angélique.
- Je crois que ce qui l'a motivé c'est le fait qu'il ne voulait surtout pas que l'affaire avec Suzanne soit ébruitée …
- Et toi, tu vas avoir des répercussions quand même ou rien du tout ? demanda Greg.
- Pénalement je ne risque plus rien, mais Gérard m'a dit que le Barreau allait me mettre à pied pendant quelque temps …
- Quelque temps ça ne veut pas dire radiation ! Tu seras donc en capacité de la plaider toi-même cette affaire ! dit Sarah avec entrain.
- Alors on s'y met ? demanda Greg impatient, je n'ai pas filé les clés de la SPA à nos filles pour que l'on se la coule douce, reprit-il avec un clin d'œil en direction d'Adèle.

Angélique parcourut son fichier vidéo et décida d'effacer le tournage compromettant Gaby et Suzanne. À l'évidence, la vidéo ne lui serait plus utile.

Chapitre 17 – à la SPA

Aude et Axelle avaient négocié sévère pour obtenir de gérer seules l'association pendant une demi-journée. Surtout après l'épisode de la veille qui les avait beaucoup chamboulées, toutes deux, pour des raisons différentes.

Axelle ne s'attendait pas à réagir de la sorte ! Elle avait compris à ses dépens que son traumatisme risquait de se réveiller dès qu'une situation similaire se produirait. Elle devait à tout prix construire des remparts entre ce qu'elle avait vécu et sa nouvelle vie. Aude, quant à elle, avait été choquée de voir son amie perdre connaissance c'est vrai, mais elle avait surtout été surprise de voir toute la haine qu'elle avait encore en elle lorsqu'à l'hôpital elle était tombée sur Gabriel.

Elles décidèrent de reprendre leur projet de « marketing de l'adoption » comme elles le baptisèrent, mais rapidement, elles en arrivèrent à une conclusion :

- Tu sais, je suis pas certaine que l'on puisse savoir si on a le feeling avec un chat, juste avec des photos, dit Axelle.
- Nan, c'est clair, t'as raison, répondit Aude.

Voyant le silence qui s'installait et Axelle réfléchir, Aude demanda :

- Tu as une autre idée ?
- Oui, je crois même que j'ai une idée de ouf !

Aude se rapprocha de son amie et se fit tout ouïe.

Au fur et à mesure qu'Axelle exposait son projet et tout en gardant une écoute attentive, Aude ne cessait de pianoter sur son ordinateur. Après l'effervescence vint un instant de silence qu'Aude mit à profit pour passer en revue ce qu'elle avait concocté. Satisfaite, elle tourna son ordinateur vers Axelle et lui montra.

Chapitre 18 – Chez Angélique

Pendant ce temps chez Angélique, c'était le branle-bas de combat. Cette dernière donnait ses directives. Adèle devait finaliser l'organisation de sa première Assemblée générale durant laquelle les ateliers animés par elle et le Docteur Gutenberg ainsi que le recours collectif seraient présentés. Greg et Sarah formalisaient les contrats de collaborations entre les nouveaux cabinets d'avocats qui rejoignaient le recours et ceux qui avaient déjà épuisé tous les recours internes en France. Tous acceptaient de s'organiser collectivement pour porter ces affaires de cyberharcèlement au rang de la Cour Européenne des Droits de l'Homme.

Angélique, elle, finalisait la rédaction de la saisine de la Cour tout en choisissant quelle bouteille de vin devait succéder à la précédente.

Quand enfin aux alentours de 19h les uns et les autres eurent fini, Adèle, sur les conseils d'Angélique, appela Axelle afin qu'elle et Aude les rejoignent chez l'avocate.

L'agitation était à son comble lorsque les deux adolescentes arrivèrent, armées d'un ordinateur portable, l'air grave.

Aude plus à l'aise en public prit la parole :

- Nous avons quelque chose à vous montrer. Axelle a eu l'idée d'un projet qui vous concerne tous.

Voyant que les deux amies étaient plus que sérieuses, les adultes ne bronchèrent pas et les laissèrent enchaîner. Aude installa alors son ordinateur portable et les pria de s'avancer, elle lança alors une vidéo.

À la fin de la démonstration des filles, la joyeuse bande d'hyperactifs resta coite.

Angélique brisa le silence :

- Et ça pourrait se passer …
- Chez Colline, dit-elle en chœur avec Adèle.

Les Pachas, un concept et une expérience

Villa des oubliés, refuge des mal-aimés, « Les Pachas » est un endroit où l'on se rend pour diverses raisons. Colline, propriétaire de l'établissement et gagnante de l'émission « Premier en cuisine », nous explique le projet qu'elle et ses amis ont mis sur pieds.

LE JOURNAL : Pouvez-vous nous expliquer le concept ?
COLLINE : Le principe est d'accueillir les gens chez nous et de leur proposer un panel de réponses aussi larges et plurielles qu'il existe d'individualités. Par exemple, vous rencontrez des problèmes avec votre employeur, vous pouvez consulter un avocat, tout en buvant un café ou en déjeunant. Vous avez besoin de voir un médecin du corps ou de l'âme, eh bien, c'est possible, tout en dégustant une mignardise avec un chat sur les genoux.
LE JOURNAL : Si je comprends bien, le but est de rendre accessibles un certain nombre de services à des personnes qui ne franchiraient pas forcément le pas ?
COLLINE : C'est exactement cela. Pour résumer des consultations d'avocats, de médecin et de psychologue, ainsi que des ateliers libérant la parole de personnes victimes de chocs. Et en plus, nous y avons ajouté les éléments qui vous font sentir comme à la maison, vous pouvez boire ou manger et trouver le réconfort auprès d'un superbe félin.
LE JOURNAL : Vous insistez beaucoup sur la présence des chats, pourquoi est-ce si important ?
COLLINE : C'est la rencontre entre plusieurs personnes à des moments particuliers de leurs vies qui fait naître « Les Pachas », mais plus précisément la genèse c'est la rencontre entre Axelle et Gustave. Axelle

est une superbe jeune fille qui a vécu des rencontres malheureuses sur les réseaux sociaux et qui a repris goût à la vie grâce à Gustave, un chat magnifique de la race Maine coon. Son expérience à elle l'a amenée à souhaiter rapprocher tous les êtres que la vie laisse sur le carreau. Elle a retrouvé l'espoir grâce à Gustave et s'est ensuite tournée vers une activité bénévole à la S.P.A. Elle espérait tellement que tous les animaux de ce refuge soient adoptés qu'elle a tout fait pour cela, mais malheureusement cela n'a pas fonctionné, car encore une fois, elle pense que c'est la rencontre qui crée l'expérience et l'attachement.

LE JOURNAL : Ah donc vous comptez sur le fait que les clients repartent avec un chat ?

COLLINE : Ce n'est pas une obligation bien évidemment ! Mais cela est possible et nous offrons les mêmes garanties de soins que la S.P.A., car une soigneuse travaille avec nous ainsi qu'Axelle qui a débuté des études de vétérinaire.

LE JOURNAL : Votre projet se veut ouvert à tous et soucieux de chacun, mais alors comment font les allergiques aux chats ?

COLLINE : Vous voulez dire ceux qui ne sont « PACHAS »

(rires)

COLLINE : Eh bien, nous les accueillons dans une pièce à part, à l'abri des poils de chat, mais il faut bien le reconnaître, ils ne sont pas bien nombreux.

LE JOURNAL : Colline, à présent une question personnelle.

COLLINE : Oh la, je crains le pire …

LE JOURNAL : Suite à votre victoire à l'émission « Premier en cuisine », nous avons suivi votre idylle avec le Chef Pastori

COLLINE : Oui …

LE JOURNAL : Peut-on connaître les raisons de votre rupture ? Vous formiez un si joli couple !

COLLINE : Hé bien, j'imagine pour le coup, il s'agissait d'une réaction allergique !

Gustave - Épilogue
Tout vient à point à qui sait attendre

Vous savez, plus les jours passent et plus Je sens au fond de Moi qu'il n'y a peu de chose sur terre dont on soit sûr. Les humains de Mon Palais semblent avoir beaucoup cheminé et enfin réalisé l'une de ces rares choses dont on soit certain, Ma supériorité.

Leur réflexion les ayant poussés à reconnaitre en Moi le seul espoir pouvant les rapprocher du divin, ils ont choisi d'agrandir Mon Palais et de le transformer en Royaume. De nouveaux humains viennent chaque jour davantage, y exerçant d'autres types d'activités que simplement se sustenter. Certains viennent voir l'humaine à roulettes, qui émet des sons vraiment très fort soit dit en passant, d'autres viennent voir Mon humain qui a décidé soudainement de transférer sa pièce dans Mon Palais, se pliant enfin aux règles de bienséance comme tous les autres. En effet, il était devenu totalement déplacé que face à cette prise de conscience collective, Je doive encore continuer à Me rendre dans d'autres lieux que Mon Palais. J'étais fier de lui, fier qu'il ait compris que malgré sa puissance face aux autres humains, il était de bon ton qu'il se plie aux mêmes règles qu'eux, et par conséquent légitimise Mon statut de divinité suprême.

Les humains semblaient avoir franchi un cap important dans Ma reconnaissance. En effet, ils firent même en sorte que l'on puisse Me voir dans leur objet carré ou rectangulaire diffusant des images et émettant des sons. Les frontières de Mon Royaume ne cessaient de s'élargir Me donnant de plus en plus de responsabilités.

Il Me fallait à présent être secondé, Je ne pouvais plus assumer seul toutes les tâches protocolaires liées à Ma fonction. Et cela, les humains le comprirent bien, car ils commencèrent à M'envoyer le renfort de Mes congénères. Ainsi quand les humains n'avaient pas la possibilité de M'approcher, car parfois la foule était trop importante, ou parfois Je Me reposais ; certains de Mes semblables Me remplaçaient, et donner le sentiment aux humains de pouvoir M'approcher par ricochet. Certes, cette faveur était moins honorable et prestigieuse que lorsqu'ils avaient le privilège de partager un moment avec Moi, mais cela avait le mérite d'exister, rendant leurs existences un peu moins mornes et insignifiantes.

Parfois, il M'arrive de douter et de rêver à une existence sans être marqué du sceau de la divinité. Fort heureusement, Je ne divague point longtemps, la simple observation de leurs comportements négligeants et approximatifs Me rappelle le sens même de Mes fonctions : leur rappeler que la beauté existe et que le divin est palpable.

Remerciements :

À ma Loute et Blondie, Corine, Carole, Anne Sophie, Bérangère, Brigitte, Caroline, Clémentine, Céline, Sarah, Nassera, Luce et Claudette.

Conception graphique : Camille Manceaux

Dépôt légal : Juillet 2022

Imprimé en Europe

Imprimé en France
FRHW010851220622
31203FR00002B/6

9 782384 620579